W0473649

Oscar Wilde

Die Märchen

Oscar Wilde
Die Märchen

Aus dem Englischen übersetzt,
mit einem Nachwort von Hans-Christian Oeser

Philipp Reclam jun. Stuttgart

RECLAM TASCHENBUCH Nr. 20258

Umschlaggestaltung: büroecco!, Augsburg, unter Verwendung einer Buchillustration von Charles Robinson, 1913
Gesamtherstellung: Reclam, Ditzingen
Printed in Germany 2012

ISBN 978-3-15-020258-6

www.reclam.de

Inhalt

Der Glückliche Prinz 7
Die Nachtigall und die Rose 22
Der selbstsüchtige Riese 32
Der ergebene Freund 39
Der bemerkenswerte Raketerich 57
Der junge König 76
Der Geburtstag der Infantin 98
Der Fischer und seine Seele 127
Das Sternenkind 180

Nachwort 205

Der Glückliche Prinz

Hoch über der Stadt, auf einer schlanken Säule, stand die Statue des Glücklichen Prinzen. Er war über und über mit dünnem, feinem Blattgold bedeckt, zu Augen hatte er zwei strahlende Saphire, und an seinem Schwertgriff funkelte ein großer roter Rubin.

Er wurde wirklich sehr bewundert. »Er ist so schön wie ein Wetterhahn«, bemerkte einer der Ratsherren, der sich gern in dem Ruf gefiel, Kunstgeschmack zu besitzen; »nur nicht ganz so nützlich«, fügte er hinzu, aus Furcht, die Leute könnten ihn für unpraktisch halten, was er keineswegs war.

»Warum kannst du nicht sein wie der Glückliche Prinz?«, fragte eine verständige Mutter ihren kleinen Jungen, der sich die Augen nach dem Mond ausweinte. »Dem Glücklichen Prinzen fiele es nicht im Traum ein, um etwas zu weinen.«

»Ich bin froh, dass es wenigstens einen auf der Welt gibt, der vollkommen glücklich ist«, murrte ein Enttäuschter, als er das herrliche Standbild betrachtete.

»Er sieht aus wie ein Engel«, sagten die Waisenkinder, als sie in ihren hellen scharlachroten Umhängen und reinlichen weißen Kittelschürzen aus der Kathedrale kamen.

»Woher wisst ihr das?«, fragte der Mathematiklehrer. »Ihr habt doch noch nie einen gesehen.«

»O doch! haben wir wohl, in unseren Träumen«, erwiderten die Kinder; und der Mathematiklehrer runzelte die Stirn und zog eine strenge Miene, denn er billigte es nicht, wenn Kinder träumten.

Eines Nachts flog ein kleiner Schwalberich über die Stadt. Seine Freunde waren sechs Wochen zuvor nach Ägypten gereist, er aber war zurückgeblieben, denn er hatte sich in das allerschönste Schilfrohr verliebt. Er war der Schönen zu Beginn des Frühlings begegnet, als er am Fluss einem großen gelben Falter nachjagte, und ihre zarte Taille hatte ihn so betört, dass er innehielt, um mit ihr zu plaudern.

»Soll ich dich lieben?«, fragte der Schwalberich, der gern gleich zur Sache kam, und das Schilfrohr neigte sich tief vor ihm. So umkreiste er die Schöne, streifte das Wasser mit seinen Schwingen und schlug kleine silberne Wellen. Dies war seine Brautwerbung, und sie dauerte den ganzen Sommer lang.

»Das ist eine lächerliche Verbindung«, zwitscherten die anderen Schwalben; »sie hat kein Geld und viel zu viel Verwandtschaft.« Und tatsächlich war der Fluss voller Schilfrohr. Dann, als der Herbst kam, flogen sie alle davon.

Als sie fort waren, wurde ihm einsam, und er begann, seiner Herzensdame überdrüssig zu werden. »Sie versteht nichts von Konversation«, sagte er, »und ich fürchte, sie ist eine Kokette, denn sie flirtet immerzu mit dem Wind.« Und wirklich, sooft der Wind wehte, machte das Schilfrohr die zierlichsten Knickse. »Ich gebe zu, sie ist häuslich«, fuhr er fort, »ich aber liebe es, zu reisen, und folglich sollte auch meine Frau es lieben.«

»Willst du mit mir kommen?«, fragte er sie schließlich, aber das Schilfrohr schüttelte den Kopf, so fest war sie ihrer Heimat verbunden.

»Du hast dein Spiel mit mir getrieben«, rief er. »Ich mache mich auf zu den Pyramiden. Lebe wohl!«, und er flog davon.

Er flog den ganzen Tag, und zur Nachtzeit erreichte er die Stadt. »Wo soll ich absteigen?«, fragte er. »Hoffentlich hat die Stadt Vorkehrungen getroffen.«

Da erblickte er das Standbild auf der schlanken Säule.

»Hier will ich absteigen«, rief er, »das ist ein hübsches Plätzchen mit reichlich frischer Luft.« Also ließ er sich genau zwischen den Füßen des Glücklichen Prinzen nieder.

»Ich habe ein goldenes Schlafgemach«, sagte er leise bei sich, als er sich umsah, und traf Anstalten, sich schlafen zu legen; doch als er eben den Kopf unter den Flügel stecken wollte, fiel ein großer Tropfen Wasser auf ihn herab. »Wie sonderbar!«, rief er. »Es steht nicht eine Wolke am Himmel, die Sterne prangen hell und klar, und doch regnet es. Das Klima in Nordeuropa ist wirklich schauderhaft. Das Schilfrohr liebte den Regen, aber das geschah nur aus Selbstsucht.«

Da fiel ein zweiter Tropfen.

»Wozu soll ein Standbild gut sein, wenn es keinen Regen abhalten kann?«, fragte er sich. »Ich muss mich nach einem geeigneten Schornsteinaufsatz umtun«, und er beschloss weiterzufliegen.

Aber noch ehe er seine Flügel ausgebreitet hatte, fiel ein dritter Tropfen, und er blickte empor und sah – ah! was sah er da?

Die Augen des Glücklichen Prinzen standen voller Tränen, und Tränen rannen ihm über die goldenen Wangen. Sein Antlitz glänzte so schön im Mondenlicht, dass der kleine Schwalberich ganz von Mitleid erfüllt wurde.

»Wer seid Ihr?«, fragte er.

»Ich bin der Glückliche Prinz.«

»Warum weint Ihr dann?«, fragte der Schwalberich. »Ihr habt mich ganz durchnässt.«

»Als ich noch lebte und ein Menschenherz besaß«, antwortete die Statue, »wusste ich nicht, was Tränen sind, denn ich wohnte im Schloss Sans-Souci, wo der Kummer keinen Zutritt hat. Am Tage spielte ich mit meinen Gefährten im Garten, und des Abends führte ich im Großen Saal den Tanz an. Rings um den Garten lief eine sehr hohe Mauer, aber ich hatte keine Lust zu fragen, was wohl dahinter lag, so schön war alles um mich her. Meine Höflinge nannten mich den Glücklichen Prinzen, und wahrhaftig, ich war glücklich, wenn denn Vergnügen Glück bedeutet. So lebte ich, und so starb ich. Und nun, da ich tot bin, hat man mich hier aufgestellt, so hoch, dass ich alle Hässlichkeit und alles Elend meiner Stadt sehen kann, und ist auch mein Herz aus Blei, so kann ich doch nicht umhin zu weinen.«

»Was! er ist gar nicht aus gediegenem Gold?«, sagte der Schwalberich bei sich. Er war zu höflich, um persönliche Bemerkungen laut auszusprechen.

»Weit weg von hier«, fuhr das Standbild mit leiser, melodischer Stimme fort, »weit weg von hier, in einer kleinen Straße, steht ein ärmliches Haus. Eines der Fenster ist offen, und durch das Fenster kann ich eine Frau an einem Tisch sitzen sehen. Ihr Gesicht ist schmal und verhärmt, und sie hat grobe, rote Hände, ganz von Nadeln zerstochen, denn sie ist Näherin. Gerade stickt sie Passionsblumen auf ein Satinkleid, das die schönste unter den Ehrendamen der Königin beim nächsten Hofball tragen will. In einem Winkel der Kammer liegt ihr kleiner Junge krank zu Bett. Er fiebert und verlangt nach Orangen. Seine Mutter hat nichts, was sie ihm geben könnte, als Wasser vom Fluss, und darum weint er. Schwalbe, Schwalbe, kleine Schwalbe, willst du ihr nicht den Rubin aus meinem Schwertgriff bringen? Meine Füße sind am Sockel befestigt, und ich kann mich nicht rühren.«

»Man erwartet mich in Ägypten«, sagte der Schwalberich. »Meine Freunde fliegen den Nil auf und nieder und plaudern mit den großen Lotusblüten. Bald werden sie sich im Grabmal des großen Königs schlafen legen. Dort ruht der König selbst in seinem bemalten Sarg. Er ist in gelbes Linnen gehüllt und einbalsamiert mit duftenden Salben. Um den Hals trägt er eine Kette aus blassgrüner Jade, und seine Hände sind wie welkes Laub.«

»Schwalbe, Schwalbe, kleine Schwalbe«, sagte der Prinz, »willst du nicht eine Nacht lang bei mir bleiben und mein Bote sein? Der Junge ist so durstig und die Mutter so betrübt.«

»Ich glaube, ich mag keine Knaben«, antwortete der Schwalberich. »Letzten Sommer, als ich mich am Fluss aufhielt, waren da zwei ungezogene Burschen, die Söhne des

Müllers, die bewarfen mich dauernd mit Steinen. Getroffen haben sie mich natürlich nie; dafür fliegen wir Schwalben zu flink, außerdem entstamme ich einer Familie, die berühmt ist für ihre Wendigkeit; aber dennoch, es war ein Zeichen von Geringschätzung.«

Doch der Glückliche Prinz blickte so traurig drein, dass er den kleinen Schwalberich dauerte. »Es ist sehr kalt hier«, sagte er, »aber ich will eine Nacht lang bei Euch bleiben und Euer Bote sein.«

»Ich danke dir, kleine Schwalbe«, sagte der Prinz.

Also pickte der Schwalberich den großen Rubin aus des Prinzen Schwert, hielt ihn im Schnabel und flog davon über die Dächer der Stadt.

Er kam am Turm der Kathedrale vorbei, wo die aus weißem Marmor gemeißelten Engel standen. Er kam am Schloss vorbei und hörte die Klänge der Tanzmusik. Ein schönes Mädchen trat mit seinem Geliebten auf den Balkon heraus. »Wie wunderherrlich sind die Sterne«, sagte er zu ihr, »und wie wunderherrlich ist die Macht der Liebe!«

»Hoffentlich wird mein Kleid rechtzeitig für den Staatsball fertig«, entgegnete sie, »ich habe Auftrag erteilt, es mit Passionsblumen zu besticken; aber die Näherinnen sind so faul.«

Er flog über den Fluss und sah die Laternen, die an den Schiffsmasten hingen. Er flog über das Ghetto und sah die alten Juden miteinander schachern und Geld abwiegen in kupfernen Schalen. Schließlich gelangte er zu dem ärmlichen Haus und schaute hinein. Der Junge wälzte sich fiebrig auf seinem

Bett, und die Mutter war eingeschlafen, sie war so erschöpft. Er hüpfte hinein und legte den großen Rubin neben den Fingerhut der Frau auf den Tisch. Dann umflog er sachte das Bett und fächelte die Stirn des Jungen mit seinen Schwingen. »Wie kühl mir wird!«, sagte der Junge, »ich muss wohl genesen«; und er sank in einen köstlichen Schlummer.

Darauf flog der Schwalberich zurück zu dem Glücklichen Prinzen und erzählte ihm, was er getan hatte. »Es ist sonderbar«, bemerkte er, »aber jetzt ist mir ganz warm, obschon es so kalt ist.«

»Das kommt daher, dass du eine gute Tat getan hast«, sagte der Prinz. Und der kleine Schwalberich fing an nachzudenken, und darüber schlief er ein. Nachdenken machte ihn immer schläfrig.

Als der Tag anbrach, flog er zum Fluss hinab und nahm ein Bad. »Welch ein bemerkenswertes Phänomen!«, sagte der Professor der Ornithologie, der eben über die Brücke ging. »Eine Schwalbe im Winter!« Und er schrieb einen ausführlichen Brief an das Lokalblatt. Jeder zitierte daraus, so viele Wörter enthielt er, die niemand verstand.

»Heute Abend reise ich nach Ägypten«, sagte der Schwalberich, und bei dieser Aussicht wurde er ganz übermütig. Er besuchte alle öffentlichen Denkmäler und saß lange auf der Spitze des Kirchturms. Wo er auch hinflog, pfiffen die Spatzen und sagten einander: »Welch vornehmer Fremder!«, und daran fand er großes Gefallen.

Als der Mond aufging, flog er zurück zu dem Glücklichen

Prinzen. »Habt Ihr irgendwelche Aufträge für Ägypten?«, rief er. »Ich breche gleich auf.«

»Schwalbe, Schwalbe, kleine Schwalbe«, sagte der Prinz, »willst du nicht noch eine Nacht lang bei mir bleiben?«

»Man erwartet mich in Ägypten«, antwortete der Schwalberich. »Morgen fliegen meine Freunde zum Zweiten Katarakt hinauf. Dort, zwischen den Binsen, suhlt sich das Flusspferd, und auf einem großen Granithaus thront der Gott Memnon. Die ganze Nacht hindurch schaut er nach den Sternen, und wenn der Morgenstern leuchtet, stößt er einen Jubelschrei aus, und dann verstummt er wieder. Um Mittag kommen die gelben Löwen an den Saum des Wassers, um zu trinken. Sie haben Augen wie grüne Berylle, und ihr Gebrüll ist lauter als das Gebrüll des Katarakts.«

»Schwalbe, Schwalbe, kleine Schwalbe«, sagte der Prinz, »weit weg von hier, am Ende der Stadt, sehe ich einen jungen Mann in einer Mansarde. Er beugt sich über ein mit Papieren bedecktes Pult, und neben ihm in einem Wasserglas steht ein Bund welker Veilchen. Sein Haar ist braun und gelockt, seine Lippen sind rot wie ein Granatapfel, und er hat große, verträumte Augen. Gerade versucht er, ein Stück für den Schauspieldirektor zu vollenden, aber ihm ist zu kalt, als dass er weiterschreiben könnte. Das Feuer im Kamin ist erloschen, und vor Hunger ist ihm ganz schwach.«

»Ich will noch eine Nacht lang bei Euch warten«, sagte der Schwalberich, der wirklich ein gutes Herz hatte. »Soll ich ihm auch einen Rubin bringen?«

»O weh! ich habe keinen Rubin mehr«, sagte der Prinz, »meine Augen sind alles, was mir geblieben ist. Sie sind aus seltenen Saphiren gemacht, die man vor tausend Jahren aus Indien hergebracht hat. Reiß eines davon aus und bringe es ihm. Er wird es dem Juwelier verkaufen, Brennholz beschaffen und sein Stück vollenden.«

»Lieber Prinz«, sagte der Schwalberich, »das kann ich nicht tun«; und er begann zu weinen.

»Schwalbe, Schwalbe, kleine Schwalbe«, sagte der Prinz, »tu, wie ich dich heiße.«

Also riss der Schwalberich des Prinzen Auge aus und flog zur Mansarde des Studenten. Es war nicht schwer, hineinzugelangen, denn das Dach hatte ein Loch. Da schoss er hindurch und gelangte in die Kammer. Der junge Mann hatte den Kopf in den Händen vergraben, so hörte er das Flattern der Vogelschwingen nicht, und als er aufblickte, sah er den schönen Saphir auf den welken Veilchen liegen.

»Man beginnt, mich zu würdigen«, rief er, »dies muss von einem großen Bewunderer sein. Nun kann ich mein Stück vollenden«, und er sah ganz glücklich aus.

Tags darauf flog der Schwalberich zum Hafen hinab. Er setzte sich auf den Mast eines großen Schiffes und sah zu, wie die Matrosen an Seilen große Kisten aus dem Laderaum zogen. »Hau ruck!«, schrien sie bei jeder Kiste, die heraufkam. »Ich fliege nach Ägypten!«, rief der Schwalberich, doch niemand beachtete ihn, und als der Mond aufging, flog er zurück zu dem Glücklichen Prinzen.

»Ich bin gekommen, Euch Lebewohl zu sagen«, rief er.

»Schwalbe, Schwalbe, kleine Schwalbe«, sagte der Prinz, »willst du nicht noch eine Nacht lang bei mir bleiben?«

»Es ist Winter«, antwortete der Schwalberich, »und der kalte Schnee wird bald hier sein. In Ägypten scheint die Sonne warm auf die grünen Palmen, und die Krokodile liegen im Schlamm und blinzeln träge umher. Meine Gefährten bauen sich ein Nest im Tempel von Baalbek, und die rosa- und weißgefiederten Tauben schauen ihnen zu und umgurren einander. Lieber Prinz, ich muss Euch verlassen, aber ich werde Euch nie vergessen, und im nächsten Frühjahr bringe ich Euch zwei wunderschöne Edelsteine mit zum Ersatz für die, die Ihr verschenkt habt. Der Rubin soll röter sein als eine rote Rose und der Saphir so blau wie das weite Meer.«

»Unten auf dem Platz«, sagte der Glückliche Prinz, »steht ein kleines Mädchen mit Schwefelhölzern. Sie hat ihre Hölzer in den Rinnstein fallen lassen, und nun sind sie alle verdorben. Ihr Vater wird sie schlagen, wenn sie nicht etwas Geld nach Hause bringt, und darum weint sie. Sie hat weder Schuhe noch Strümpfe, und ihr Köpfchen ist bloß. Reiß mein anderes Auge aus und gib es ihr, und ihr Vater wird sie nicht schlagen.«

»Ich will noch eine Nacht lang bei Euch bleiben«, sagte der Schwalberich, »aber ich kann Euer Auge nicht ausreißen. Dann wärt Ihr vollends blind.«

»Schwalbe, Schwalbe, kleine Schwalbe«, sagte der Prinz, »tu, wie ich dich heiße.«

Also riss er auch das andere Auge des Prinzen aus und stieß

damit hinab. Er umschwirrte das Mädchen mit den Schwefelhölzern und ließ das Kleinod in ihre Hand fallen. »Was für ein hübsches Stück Glas!«, rief das kleine Mädchen; und lachend lief es nach Hause.

Da kehrte der Schwalberich zurück zu dem Prinzen. »Nun seid Ihr blind«, sagte er, »und ich will für immer bei Euch bleiben.«

»Nein, kleine Schwalbe«, sagte der arme Prinz, »du musst nach Äygpten reisen.«

»Ich will für immer bei Euch bleiben«, sagte der Schwalberich und schlief ein zu des Prinzen Füßen.

Den ganzen nächsten Tag saß er auf des Prinzen Schulter und erzählte ihm Geschichten von allem, was er in der Fremde gesehen hatte. Er erzählte ihm von den roten Ibissen, die in langen Reihen an den Ufern des Nils stehen und mit ihren Schnäbeln Goldfische fangen; von der Sphinx, die so alt ist wie die Welt selbst und in der Wüste lebt und alles weiß; von den Kaufleuten, die langsam neben ihren Kamelen einherschreiten und Perlen aus Bernstein in ihren Händen tragen; vom König des Mondgebirges, der so schwarz ist wie Ebenholz und einen gewaltigen Kristall anbetet; von der großen grünen Schlange, die in einem Palmenbaum schläft und zwanzig Priester um sich hat, die sie mit Honigkuchen nähren; und von den Pygmäen, die auf breiten, flachen Blättern über einen großen See gleiten und sich allezeit mit den Schmetterlingen befehden.

»Liebe kleine Schwalbe«, sagte der Prinz, »du erzählst mir von wundersamen Dingen, doch wundersamer als alles ist das

Leiden von Männern und Frauen. Kein Geheimnis ist tiefer als das Elend. Fliege über meine Stadt, kleine Schwalbe, und erzähle mir, was du dort siehst.«

Also flog der Schwalberich über die große Stadt und sah, wie die Reichen in ihren schönen Häusern es sich wohl ergehen ließen, indes die Bettler draußen vor den Toren kauerten. Er flog in finstere Gassen und sah die weißen Gesichter hungernder Kinder, die teilnahmslos in die düsteren Straßen starrten. Unter einem Brückenbogen lagen zwei kleine Jungen und hielten einander eng umschlungen, um sich zu wärmen. »Wie hungrig wir sind!«, sagten sie. »Hier dürft ihr nicht liegen«, brüllte der Wächter, und sie irrten hinaus in den Regen.

Da flog er zurück und erzählte dem Prinzen, was er gesehen hatte.

»Ich bin mit feinem Gold bedeckt«, sagte der Prinz, »das sollst du Blatt für Blatt ablösen und meinen Armen schenken; die Lebenden glauben immer, Gold könne sie glücklich machen.«

Blatt für Blatt pickte der Schwalberich das feine Gold ab, bis der Glückliche Prinz ganz stumpf und grau aussah. Blatt für Blatt brachte er das feine Gold den Armen, und die Gesichter der Kinder färbten sich rosig, und sie lachten und spielten auf der Straße. »Jetzt haben wir Brot!«, riefen sie.

Dann kam der Schnee, und nach dem Schnee kam der Frost. Die Straßen sahen aus, als seien sie aus Silber gemacht, so hell glitzerten sie; lange Eiszapfen hingen wie kristallene Dolche von den Traufen der Häuser, alle Welt lief in Pelzen umher, und die kleinen Jungen trugen scharlachrote Mützen und liefen Schlittschuh auf dem Eis.

Dem armen kleinen Schwalberich wurde kälter und kälter, aber er wollte den Prinzen nicht verlassen, dafür liebte er ihn zu sehr. Vor der Tür des Bäckers, wenn dieser nicht hinsah, pickte er Krumen auf und suchte sich zu wärmen, indem er mit den Flügeln schlug.

Schließlich aber erkannte er, dass er sterben müsse. Er besaß eben noch genügend Kraft, um noch einmal auf des Prinzen Schulter hinaufzufliegen. »Lebt wohl, lieber Prinz!«, flüsterte er, »darf ich Euch die Hand küssen?«

»Ich bin froh, dass du endlich nach Ägypten reist, kleine Schwalbe«, sagte der Prinz, »du bist schon zu lange hiergeblieben; aber du musst mich auf die Lippen küssen, denn ich liebe dich.«

»Nicht nach Ägypten reise ich«, sagte der Schwalberich. »Ich reise zum Haus des Todes. Der Tod ist der Bruder des Schlafes, nicht wahr?«

Und er küsste den Glücklichen Prinzen auf die Lippen und fiel ihm tot zu Füßen.

In diesem Augenblick tönte aus dem Innern des Standbilds ein eigentümliches Krachen, als wäre etwas zerbrochen. Und tatsächlich war das bleierne Herz mitten entzweigesprungen. Es war ja auch ein furchtbar strenger Frost.

Am nächsten Morgen in der Frühe ging der Bürgermeister in Begleitung der Ratsherren unten über den Platz. Als sie an der Säule vorbeikamen, blickte er zu der Statue hinauf: »Oje! wie schäbig der Glückliche Prinz aussieht!«, sagte er.

»Wie schäbig, in der Tat!«, riefen die Ratsherren, die dem Bürgermeister stets beipflichteten; und sie traten heran, um die Statue näher zu besehen.

»Der Rubin ist aus seinem Schwert gefallen, seine Augen sind ausgehöhlt, und golden ist er auch nicht mehr«, sagte der Bürgermeister, »eigentlich ist er nicht viel besser als ein Bettler!«

»Nicht viel besser als ein Bettler«, sagten die Ratsherren.

»Und hier liegt ihm doch wahrhaftig ein toter Vogel zu Füßen!«, fuhr der Bürgermeister fort. »Wir müssen wirklich eine Verordnung erlassen, wonach es Vögeln nicht erlaubt ist, hier zu sterben.« Und der Stadtschreiber notierte den Vorschlag.

Also wurde das Standbild des Glücklichen Prinzen abgerissen. »Da er nicht mehr schön ist, ist er auch nicht mehr nützlich«, sagte der Kunstprofessor an der Universität.

Darauf wurde das Standbild in einem Glutofen eingeschmolzen, und der Bürgermeister berief eine Versammlung der Stadtbehörde ein, um darüber zu befinden, was mit dem Metall geschehen solle. »Natürlich brauchen wir ein anderes Standbild«, sagte er, »und das muss mein eigenes Standbild sein.«

»Nein, meins«, sagte jeder der Ratsherren, und sie gerieten in Streit. Als ich zuletzt von ihnen hörte, stritten sie noch immer.

»Wie eigenartig!«, sagte der Hüttenmeister in der Gießerei.

»Dieses zerbrochene Bleiherz will einfach nicht schmelzen im Ofen. Wir müssen es fortwerfen.« So warfen sie es auf einen Kehrichthaufen, wo schon der tote Schwalberich lag.

»Bringe mir die beiden kostbarsten Dinge in der Stadt«, sagte Gott zu einem Seiner Engel; und der Engel brachte Ihm das bleierne Herz und den toten Vogel.

»Du hast recht gewählt«, sagte Gott, »denn in meinem Paradiesgarten soll der kleine Vogel in alle Ewigkeit singen, und rühmen soll mich der Glückliche Prinz in meiner Stadt aus Gold.«

Die Nachtigall und die Rose

»Sie sagte, sie würde mit mir tanzen, wenn ich ihr rote Rosen bringe«, rief der junge Student, »doch in meinem ganzen Garten gibt es keine rote Rose.«

Von ihrem Nest in der Steineiche hörte ihn die Nachtigall, und sie lugte durchs Laub und verwunderte sich.

»Keine rote Rose in meinem ganzen Garten!«, rief er, und seine schönen Augen füllten sich mit Tränen. »Ach, an was für kleinen Dingen hängt doch das Glück! Ich habe alles gelesen, was weise Männer geschrieben haben, und alle Geheimnisse der Philosophie sind mir bekannt, doch mangels einer roten Rose ist mein Leben elend.«

»Hier endlich ist ein wahrer Liebender«, sagte die Nachtigall. »Nacht für Nacht habe ich von ihm gesungen, obgleich ich ihn nicht kannte: Nacht für Nacht habe ich seine Geschichte den Sternen erzählt, und nun sehe ich ihn. Sein Haar ist dunkel wie die Hyazinthenblüte, und seine Lippen sind rot wie die Rose seiner Begierde; doch die Leidenschaft hat sein Antlitz bleich gemacht wie Elfenbein, und der Kummer hat ihm sein Siegel auf die Stirn gedrückt.«

»Morgen Abend gibt der Prinz einen Ball«, murmelte der junge Student, »und meine Liebste wird zu den Gästen gehören. Wenn ich ihr eine rote Rose bringe, wird sie bis zum Morgengrauen mit mir tanzen. Wenn ich ihr eine rote Rose bringe, werde ich sie in meinen Armen halten, sie wird ihren Kopf an meine Schulter schmiegen, und ihre Hand wird in der meinen ruhen. Doch in meinem Garten gibt es keine rote Rose, so werde ich einsam sitzen, und sie wird mich übergehen. Sie wird mich nicht beachten, und das Herz wird mir brechen.«

»Hier ist tatsächlich der wahre Liebende«, sagte die Nachtigall. »Wovon ich singe, daran leidet er: Was mir Freude ist, das ist ihm Pein. Liebe ist gewiss etwas Wunderbares. Sie ist kostbarer als Smaragde und teurer als feine Opale. Perlen und Granatäpfel können sie nicht kaufen, noch wird sie auf dem Marktplatz feilgeboten. Man kann sie bei keinem Händler erstehen, noch lässt sie sich mit Gold aufwiegen.«

»Die Musikanten werden auf ihrem Balkon sitzen«, sagte der junge Student, »und auf ihren Saiteninstrumenten spielen, und meine Liebste wird zum Klang der Harfe und der Geige tanzen. So leicht wird sie tanzen, dass ihre Füße den Boden nicht berühren, und die Höflinge in ihren bunten Gewändern werden sich um sie scharen. Nur mit mir wird sie nicht tanzen, denn ich habe keine rote Rose, die ich ihr geben kann«, und er warf sich ins Gras, barg das Gesicht in den Händen und weinte.

»Warum weint er?«, fragte ein kleiner Smaragdeidechs, der eben mit erhobenem Schwanz an ihm vorüberhuschte.

»Ja, warum?«, fragte ein Schmetterling, der hinter einem Sonnenstrahl herflatterte.

»Ja, warum?«, flüsterte ein Tausendschönchen mit sanfter, zarter Stimme seiner Nachbarin zu.

»Er weint wegen einer roten Rose«, sagte die Nachtigall.

»Wegen einer roten Rose?«, riefen sie. »Wie lächerlich!«,

und der kleine Eidechs, der etwas von einem Zyniker hatte, musste lauthals lachen.

Die Nachtigall jedoch begriff das Geheimnis seines Kummers, saß stumm im Eichbaum und sann nach über das Rätsel der Liebe.

Plötzlich breitete sie ihre braunen Flügel zum Fluge und schwang sich in die Lüfte. Sie schwebte durch den Hag wie ein Schatten, und wie ein Schatten glitt sie durch den Garten.

Mitten auf dem Rasen stand ein wunderschöner Rosenstrauch, und als sie ihn sah, flog sie zu ihm hinüber und setzte sich auf einen Zweig.

»Gib mir eine rote Rose«, rief sie, »und ich will dir mein süßestes Lied singen.«

Aber der Strauch schüttelte den Kopf.

»Meine Rosen sind weiß«, erwiderte er; »weiß wie die Gischt des Meeres und weißer noch als der Schnee auf dem Berge. Aber gehe zu meinem Bruder, der um die alte Sonnenuhr wächst, vielleicht gibt der dir, was du begehrst.«

So flog die Nachtigall hinüber zu dem Rosenstrauch, der um die alte Sonnenuhr wuchs.

»Gib mir eine rote Rose«, rief sie, »und ich will dir mein süßestes Lied singen.«

Aber der Strauch schüttelte den Kopf.

»Meine Rosen sind gelb«, erwiderte er; »gelb wie das Haar der Seejungfrau, die auf einem Bernsteinthron sitzt, und gelber noch als die Narzisse, die auf der Wiese blüht, ehe der Schnitter kommt mit seiner Sense. Aber gehe zu meinem Bruder, der unter des Studenten Fenster wächst, vielleicht gibt der dir, was du begehrst.«

So flog die Nachtigall hinüber zu dem Rosenstrauch, der unter des Studenten Fenster wuchs.

»Gib mir eine rote Rose«, rief sie, »und ich will dir mein süßestes Lied singen.«

Aber der Strauch schüttelte den Kopf.

»Meine Rosen sind rot«, erwiderte er; »rot wie die Füße der Taube und röter noch als die großen Korallenfächer, die sich in der Meeresgrotte wiegen. Doch der Winter hat meine Adern gefrieren lassen, der Frost hat meine Knospen zerstört, und der Sturm hat meine Zweige geknickt, und ich werde das ganze Jahr keine Rosen tragen.«

»Alles, was ich begehre, ist eine rote Rose«, rief die Nachtigall, »eine einzige rote Rose! Gibt es denn gar kein Mittel, sie zu erlangen?«

»Es gibt ein Mittel«, antwortete der Strauch, »doch es ist zu grausig, als dass ich's dir zu nennen wagte.«

»Nenne es mir«, sagte die Nachtigall, »ich fürchte mich nicht.«

»Wenn du eine rote Rose begehrst«, sagte der Strauch, »so musst du sie bei Mondlicht aus Melodien bilden und mit deinem eignen Herzblut färben. Die Brust gegen einen Dorn gedrückt, musst du für mich singen. Die ganze Nacht hindurch musst du für mich singen, der Dorn muss dein Herz durchbohren, und dein Lebensblut muss in meine Adern strömen und zu meinem werden.«

»Der Tod ist ein hoher Preis für eine rote Rose«, rief die Nachtigall, »und das Leben ist allen sehr teuer. Wohltuend ist es, im grünen Wald zu sitzen, die Sonne in ihrem Wagen aus Gold zu betrachten und den Mond in seinem Wagen aus Perlmutt. Süß ist der Duft des Hagedorns, süß sind die Glockenblumen, die sich im Tal verbergen, und süß ist das Heidekraut, das auf dem Hügel wogt. Und doch ist die Liebe größer als das Leben, und was ist das Herz eines Vogels gegen das Herz eines Mannes?«

So breitete sie ihre braunen Flügel zum Fluge und schwang sich in die Lüfte. Sie schwirrte durch den Garten wie ein Schatten, und wie ein Schatten glitt sie durch den Hag.

Der junge Student lag noch immer im Gras, wo sie ihn zurückgelassen hatte, und die Tränen in seinen schönen Augen waren noch nicht getrocknet.

»Sei glücklich«, rief die Nachtigall, »sei glücklich; du sollst deine rote Rose haben. Ich will sie bei Mondlicht aus Melodien bilden und mit meinem eignen Herzblut färben. Ich verlange von dir nicht mehr dafür, als dass du ein wahrer Liebender bleibst, denn die Liebe ist weiser als die Philosophie, mag diese auch weise sein, und mächtiger als die Macht, mag diese auch mächtig sein. Flammenfarben sind ihre Schwingen, und von der Farbe der Flamme ist ihr Leib. Ihre Lippen sind süß wie Honig, und ihr Atem ist wie Weihrauch.«

Der Student schaute vom Gras auf und lauschte, aber er verstand nicht, was die Nachtigall zu ihm sagte, denn er wusste nur, was in Büchern geschrieben steht.

Der Eichbaum aber verstand sie und war traurig, denn er war der kleinen Nachtigall, die ihr Nest in seinen Zweigen gebaut hatte, herzlich zugetan.

»Singe mir ein letztes Lied«, flüsterte er; »ich werde mich sehr einsam fühlen, wenn du fort bist.«

Also sang die Nachtigall für den Eichbaum, und ihre Stimme war wie Wasser, das aus einem Silberkrug hervorsprudelt.

Als sie ihr Lied beendet hatte, erhob sich der Student und zog ein Notizbuch und einen Bleistift aus der Tasche.

»Sie hat Form«, sagte er bei sich, als er durch den Hag davonging, »das kann man ihr nicht absprechen; aber hat sie auch Gefühl? Ich fürchte, nein. Eigentlich ist sie wie die meisten Künstler; ganz Stil, aber ohne jedes Empfinden. Sie würde sich für andere nicht opfern. Sie denkt nur an die Musik, und jedermann weiß, dass die Künste selbstsüchtig sind. Immerhin sei ihr zugestanden, dass ihre Stimme so manchen schönen Ton hervorbringt. Welch ein Jammer, dass er ohne jeden Sinn oder praktischen Nutzen ist!« Und er ging auf sein Zimmer, legte sich auf seine schmale Pritsche und begann, an seine Liebste zu denken; und nach einer Weile schlief er ein.

Und als der Mond am Himmel erglänzte, flog die Nachtigall zu dem Rosenstrauch und drückte ihre Brust gegen den Dorn. Die Brust gegen den Dorn gedrückt, sang sie die ganze Nacht hindurch, und der kalte, kristallene Mond neigte sich herab und lauschte. Die ganze Nacht hindurch sang sie, und der Dorn drang tiefer und tiefer in ihre Brust, und ihr Lebensblut verrann.

Erst sang sie von der Geburt der Liebe im Herzen eines Jungen und eines Mädchens. Und am höchsten Zweig des Rosenstrauchs erblühte eine herrliche Rose, Blütenblatt an Blütenblatt gereiht wie Lied an Lied. Zunächst war sie blass wie der Dunst, der über dem Flusse hängt – blass wie die Füße des Morgens und silbern wie die Fittiche der Dämmerung. Wie das Schattenbild einer Rose in einem Spiegel aus Silber, wie das Schattenbild einer Rose in einem Weiher, so war die Rose, die am höchsten Zweig des Strauches erblühte.

Aber der Strauch rief der Nachtigall zu, fester gegen den Dorn zu drücken. »Drücke fester, kleine Nachtigall«, rief der Strauch, »oder der Tag bricht an, noch ehe die Rose vollendet ist.«

Also drückte die Nachtigall fester gegen den Dorn, und lauter und lauter wurde ihr Lied, denn sie sang von der Geburt der Leidenschaft in der Seele eines Mannes und einer Frau.

Und ein zarter Hauch von Rosa stieg in die Blütenblätter der Rose, wie die Röte ins Gesicht des Bräutigams, wenn er die Lippen der Braut küsst. Doch der Dorn hatte noch nicht ihr Herz erreicht, und so blieb das Herz der Rose weiß, denn nur das Herzblut einer Nachtigall kann das Herz einer Rose purpurn färben.

Und der Strauch rief der Nachtigall zu, fester gegen den Dorn zu drücken. »Drücke fester, kleine Nachtigall«, rief der Strauch, »oder der Tag bricht an, noch ehe die Rose vollendet ist.«

Also drückte die Nachtigall fester gegen den Dorn, und der

Dorn berührte ihr Herz, und ein jäher, heftiger Schmerz durchschoss sie. Bitter, bitter war der Schmerz, und wilder und wilder wurde ihr Lied, denn sie sang von der Liebe, die erst im Tod sich vollendet, von der Liebe, die auch im Grabe nicht stirbt.

Und die herrliche Rose färbte sich purpurn wie die Rose des östlichen Himmels. Purpurn war der Gürtel ihrer Blütenblätter, und purpurn wie ein Rubin war ihr Herz.

Doch die Stimme der Nachtigall wurde matter, ihre kleinen Flügel begannen zu zucken, und ein Schleier legte sich über ihre Augen. Matter und matter wurde ihr Lied, und sie spürte, wie etwas ihr die Kehle zuschnürte.

Da brach eine allerletzte Melodie aus ihr hervor. Der weiße Mond vernahm sie, und er vergaß den Morgendämmer und verweilte am Himmel. Die rote Rose vernahm sie, und sie erschauderte vor Wonne und öffnete ihren Kelch der kühlen Morgenluft. Echo trug sie zu ihrer purpurnen Höhle in den Hügeln und weckte die schlafenden Hirten aus ihren Träumen. Die Melodie schwebte durch das Schilfrohr am Fluss, und dieses trug ihre Botschaft zum Meer.

»Siehe! Siehe!«, rief der Strauch. »Nun ist die Rose vollendet«; aber die Nachtigall gab keine Antwort, denn sie lag tot im hohen Gras, den Dorn im Herzen.

Und um Mittag öffnete der Student sein Fenster und blickte hinaus.

»Welch ein wunderbarer Glücksfall!«, rief er. »Hier ist eine rote Rose! In meinem ganzen Leben habe ich keine solche Rose gesehen. Sie ist so schön, dass sie bestimmt einen langen lateinischen Namen hat«; und er beugte sich hinab und brach sie.

Dann setzte er seinen Hut auf und lief, die Rose in der Hand, zum Haus des Professors.

Die Tochter des Professors saß im Eingang und spulte blaue Seide auf eine Haspel, und ihr Hündchen lag ihr zu Füßen.

»Du sagtest, du würdest mit mir tanzen, wenn ich dir eine rote Rose bringe«, rief der Student. »Hier ist die röteste Rose auf der ganzen Welt. Heute Abend wirst du sie an deinem Herzen tragen, und wenn wir miteinander tanzen, wird sie dir erzählen, wie sehr ich dich liebe.«

Doch das Mädchen runzelte die Stirn.

»Ich fürchte, sie passt nicht zu meinem Kleid«, entgegnete sie; »und außerdem hat mir der Neffe des Kammerherrn echte Juwelen geschickt, und jedermann weiß, dass Juwelen viel teurer sind als Blumen.«

»Auf mein Wort, du bist sehr undankbar«, sagte der Student voller Zorn; und er schleuderte die Rose auf die Straße, wo sie in die Gosse fiel und ein Wagenrad über sie hinwegrollte.

»Undankbar!«, sagte das Mädchen. »Ich will dir was sagen, du bist sehr ungehobelt; und schließlich – wer bist du überhaupt? Nur ein Student. Ich glaube, du hast nicht einmal silberne Schnallen für deine Schuhe, wie der Neffe des Kammerherrn sie hat«, und damit erhob sie sich von ihrem Stuhl und ging ins Haus.

»Wie töricht ist doch die Liebe!«, sagte der Student, als er davonging. »Sie ist nicht halb so nützlich wie die Logik, denn sie beweist nichts, und sie spricht uns immerzu von Dingen, die nicht eintreten, und macht uns Dinge glauben, die nicht wahr sind. Sie ist wirklich ganz unpraktisch, und da in unserem Zeitalter Praktischsein alles ist, werde ich mich wieder der Philosophie zuwenden und Metaphysik studieren.«

Also ging er zurück auf sein Zimmer, zog einen dicken, verstaubten Folianten hervor und begann zu lesen.

Der selbstsüchtige Riese

Jeden Nachmittag, wenn die Kinder aus der Schule kamen, gingen sie hin und spielten im Garten des Riesen.

Es war ein großer, herrlicher Garten mit weichem grünem Gras. Hier und da ragten schöne Blumen wie Sterne aus dem Rasen, und es wuchsen zwölf Pfirsichbäume, die im Frühling zarte rosa und perlweiße Blüten trieben und im Herbst reiche Früchte trugen. Die Vögel saßen in den Bäumen und sangen so süß, dass die Kinder oft in ihren Spielen innehielten, um ihnen zu lauschen. »Wie glücklich sind wir hier!«, riefen sie einander zu.

Eines Tages kehrte der Riese zurück. Er war bei seinem Freund, dem Menschenfresser von Cornwall, zu Besuch gewesen und sieben Jahre bei ihm geblieben. Als die sieben Jahre um waren, hatte er alles gesagt, was er zu sagen hatte, denn seine Konversationskunst war begrenzt, und er beschloss, zu seiner eigenen Burg zurückzureisen. Als er dort ankam, sah er die Kinder im Garten spielen.

»Was treibt ihr hier?«, rief er barsch, und die Kinder liefen davon.

»Mein Garten ist mein Garten«, sagte der Riese; »das versteht ja wohl jeder, und ich werde niemandem erlauben, darin zu spielen, als mir allein.« Also errichtete er ringsumher eine hohe Mauer und stellte eine Warntafel auf.

UNBEFUGTES BETRETEN
BEI STRAFE VERBOTEN

Er war ein sehr selbstsüchtiger Riese.

Nun hatten die armen Kinder keinen Ort mehr, an dem sie spielen konnten. Sie versuchten, auf der Straße zu spielen, aber die Straße war sehr staubig und voll harter Steine, und das mochten sie gar nicht. Wenn der Unterricht zu Ende war, streiften sie oft um das hohe Gemäuer herum und sprachen von dem herrlichen Garten dahinter. »Wie glücklich waren wir dort«, sagten sie zueinander.

Dann kam der Frühling, und landauf, landab waren kleine Blüten und kleine Vögel zu sehen. Nur im Garten des Selbstsüchtigen Riesen herrschte noch immer Winter. Die Vögel sangen nicht gern darin, weil es keine Kinder gab, und die Bäume vergaßen zu blühen. Einmal steckte eine hübsche Blume ihr Köpfchen aus dem Gras, doch als sie die Warntafel sah, taten ihr die Kinder so leid, dass sie wieder ins Erdreich schlüpfte und weiterschlief. Die einzigen Leute, die sich freuten, waren der Schnee und der Frost. »Der Frühling hat diesen Garten vergessen«, riefen sie, »so wollen wir das ganze Jahr hier leben.« Der Schnee deckte das Gras mit seinem großen weißen Mantel zu, und der Frost bemalte alle Bäume silbern. Dann luden sie den Nordwind ein, bei ihnen zu wohnen, und er kam ebenfalls. Er war in Pelze gemummt, und er toste den ganzen Tag durch den Garten und blies die Schornsteinaufsätze herab. »Dies ist ein reizendes Fleckchen«, sagte er, »wir müssen den Hagel zu Besuch bitten.« So kam auch der Hagel. Jeden Tag trommelte er drei Stunden lang auf das Burgdach ein, bis fast alle Schiefer zertrümmert waren, und dann tobte er, so schnell er konnte, im Garten umher. Er war in Grau gekleidet, und sein Atem war wie Eis.

»Ich begreife nicht, weshalb der Frühling sich so verspätet«, sagte der Selbstsüchtige Riese, als er am Fenster saß und auf seinen kalten weißen Garten hinausblickte; »hoffentlich schlägt das Wetter bald um.«

Aber der Frühling kam nicht, und auch nicht der Sommer. Der Herbst bescherte jedem Garten goldene Früchte, nur dem Garten des Riesen bescherte er keine. »Er ist zu selbstsüchtig«, sagte er. So herrschte dort stets Winter, und der Nordwind und der Hagel und der Frost und der Schnee tanzten zwischen den Bäumen.

Eines Morgens lag der Riese wach im Bett, als er eine liebliche Musik vernahm. So süß klang sie ihm in den Ohren, dass er schon glaubte, es seien die Musikanten des Königs, die vorüberzögen. In Wahrheit war es nur ein kleiner Hänfling, der draußen vor seinem Fenster sang, aber er hatte schon so lange keinen Vogel mehr in seinem Garten singen hören, dass es ihm vorkam wie die schönste Musik der Welt. Da hörte der Hagel auf, über seinem Kopf zu tanzen, und der Nordwind ließ ab von seinem Tosen, und durch den geöffneten Fensterflügel wehte ein köstlicher Duft ihn an. »Ich glaube, der Frühling ist endlich gekommen«, sagte der Riese; und er sprang aus dem Bett und blickte hinaus.

Und was sah er?

Der allerschönste Anblick bot sich ihm. Durch eine kleine Bresche in der Mauer waren die Kinder hereingeschlüpft und saßen jetzt im Geäst der Bäume. In jedem Baum, so weit er blicken konnte, saß ein kleines Kind. Und die Bäume waren so froh, die Kinder wieder bei sich zu haben, dass sie sich mit Blüten bedeckt hatten und ihre Arme über den Köpfen der Kinder sanft hin und her schwangen. Die Vögel schwirrten umher und zwitscherten vor Freude, und die Blumen lugten aus dem grünen Gras hervor und lachten. Es war ein liebliches Bild, nur in einem Winkel herrschte noch Winter. Es war der entlegenste Winkel des Gartens, und dort stand ein kleiner Junge. Er war so klein, dass er nicht zu den Ästen des Baumes hinauflangen konnte, und so strich er um ihn herum und weinte bitterlich. Der arme Baum war noch ganz von Frost und Schnee bedeckt, und über ihm heulte und toste der Nordwind. »Steig herauf! kleiner Junge«, sagte der Baum und bog, so tief er konnte, seine Äste hernieder, aber der Junge war einfach zu klein.

Und das Herz des Riesen erweichte, als er hinaussah. »Wie selbstsüchtig bin ich doch gewesen!«, sagte er. »Jetzt weiß ich, weshalb der Frühling nicht hierherkommen wollte. Ich will den armen kleinen Jungen in den Wipfel des Baumes heben, und dann will ich die Mauer einreißen, und mein Garten soll den Kindern für alle Zeit ein Spielplatz sein.« Es reute ihn wirklich sehr, was er getan hatte.

So schlich er sich die Treppe hinab, öffnete ganz sachte die Burgtür und trat hinaus in den Garten. Aber als die Kinder ihn sahen, erschraken sie so sehr, dass sie alle davonliefen, und im Garten wurde es wieder Winter. Nur der kleine Junge lief nicht davon, denn seine Augen standen voller Tränen, sodass er den Riesen nicht kommen sah. Und der Riese stahl sich von hinten an ihn heran, nahm ihn behutsam in seine Hand und hob ihn hinauf in den Baum. Und der Baum brach sogleich in Blüten aus, und die Vögel kamen und sangen in ihm, und der kleine Junge streckte seine beiden Arme aus, schlang sie um des Riesen Hals und küsste ihn. Und als die anderen Kinder sahen, dass der Riese nicht länger böse war, kamen sie herbeigerannt, und mit ihnen kam der Frühling. »Das ist nun euer Garten, ihr Kindlein«, sagte der Riese, und er nahm eine große Axt und riss die Mauer ein. Und als die Leute um zwölf Uhr auf den Markt gingen, fanden sie, dass der Riese mit den Kindern in dem herrlichsten Garten spielte, den sie je gesehen hatten.

Sie spielten den ganzen Tag, und am Abend kamen sie zu dem Riesen, um ihm gute Nacht zu sagen.

»Aber wo ist euer kleiner Spielgefährte?«, fragte er. »Der Junge, den ich in den Baum gehoben habe?« Den hatte der Riese am liebsten, weil er ihn geküsst hatte.

»Wir wissen es nicht«, antworteten die Kinder; »er ist fortgegangen.«

»Ihr müsst ihm sagen, dass er morgen unbedingt wiederkommen soll«, sagte der Riese. Aber die Kinder sagten, sie wüssten nicht, wo er wohne, und hätten ihn nie zuvor gesehen; und der Riese war sehr traurig.

Jeden Nachmittag, wenn die Schule aus war, kamen die Kinder und spielten mit dem Riesen. Der kleine Junge jedoch, den der Riese liebte, wurde nie wieder gesehen. Der Riese war sehr freundlich zu all den Kindern, aber er sehnte sich doch nach seinem ersten kleinen Freund und sprach oft von ihm. »Wie gern würde ich ihn wiedersehen!«, sagte er immer wieder.

Jahre vergingen, und der Riese wurde recht alt und schwach. Er konnte nicht mehr draußen spielen, und so saß er in einem riesigen Lehnstuhl, sah den Kindern bei ihren Spielen zu und bewunderte seinen Garten. »Ich habe viele schöne Blumen«, sagte er; »aber die schönsten Blumen von allen sind doch die Kinder.«

Eines Wintermorgens, als er sich eben ankleidete, sah er aus seinem Fenster. Inzwischen hasste er den Winter nicht mehr, denn er wusste, dass es bloß der schlummernde Frühling war und dass die Blumen sich ausruhten.

Plötzlich rieb er sich verwundert die Augen und schaute und schaute. Und wirklich war es ein zauberhafter Anblick. Im entlegensten Winkel des Gartens stand ein Baum, ganz mit lieblichen weißen Blüten bedeckt. Seine Äste waren ganz golden, und silberne Früchte hingen von ihnen herab, und darunter stand der kleine Junge, den er geliebt hatte.

Voll höchster Freude lief der Riese die Treppe hinab und hinaus in den Garten. Er eilte über den Rasen und gelangte in die Nähe des Kindes. Und als er ganz dicht bei ihm stand, rötete sich sein Gesicht vor Zorn, und er sagte: »Wer hat es gewagt, dich zu verwunden?« Denn auf den Handflächen des Kindes waren die Male von zwei Nägeln, und Male von zwei Nägeln waren an den kleinen Füßen.

»Wer hat es gewagt, dich zu verwunden?«, rief der Riese. »Sage es mir, dass ich mein großes Schwert nehme und ihn erschlage.«

»Nein!«, entgegnete das Kind. »Dies sind die Wundmale der Liebe.«

»Wer bist du?«, fragte der Riese, und eine sonderbare Scheu ergriff ihn, und er kniete nieder vor dem kleinen Kind.

Und das Kind lächelte den Riesen an und sprach zu ihm: »Einst hast du mich in deinem Garten spielen lassen, heute sollst du mit mir kommen in meinen Garten, der da ist das Paradies.«

Und als die Kinder an diesem Nachmittag herbeigesprungen kamen, da fanden sie den Riesen tot unter dem Baum liegen, über und über mit weißen Blüten bedeckt.

Der ergebene Freund

Eines Morgens steckte der alte Wasserratz den Kopf aus seinem Loch. Er hatte glänzende Knopfaugen und borstige graue Barthaare, und sein Schwanz war wie ein langes Stück schwarzen Kautschuks. Die kleinen Entlein schwammen auf dem Teich umher und sahen aus wie ein Schwarm gelber Kanarienvögel, und ihre Mutter, reinweiß mit hochroten Beinen, versuchte ihnen beizubringen, wie man im Wasser kopfsteht.

»Solange ihr nicht kopfstehen könnt, werdet ihr nie der besten Gesellschaft angehören«, schärfte sie ihnen immer wieder ein; und dann und wann führte sie ihnen vor, wie es gemacht wurde. Aber die kleinen Entlein beachteten sie nicht. Sie waren so jung, dass sie nicht wussten, welch ein Vorteil es ist, überhaupt der Gesellschaft anzugehören.

»Was für unfolgsame Kinder!«, rief der alte Wasserratz. »Sie verdienen es wirklich, ertränkt zu werden.«

»Nicht doch«, entgegnete die Ente, »aller Anfang ist schwer, und Eltern können gar nicht genug Geduld aufbringen.«

»Ach! von elterlichen Gefühlen verstehe ich nichts«, sagte der Wasserratz; »ich bin kein Familienvater. Genauer gesagt, ich war nie verheiratet und habe auch nicht die Absicht. Liebe mag auf ihre Art ja ganz schön sein, aber Freundschaft steht doch viel höher. Wahrhaftig, ich wüsste nichts Edleres oder Selteneres auf der Welt als eine treu ergebene Freundschaft.«

»Und was, bitte sehr, sind Ihrer Ansicht nach die Pflichten eines treu ergebenen Freundes?«, fragte ein Grünfink, der gleich daneben in einem Weidenbaum saß und dem Gespräch gefolgt war.

»Ja, das möchte ich auch gern wissen«, sagte die Ente; und sie schwamm ans andere Ende des Teiches und stand kopf, um ihren Kindern ein gutes Beispiel zu geben.

»Was für eine dumme Frage!«, rief der Wasserratz. »Von einem treu ergebenen Freund würde ich natürlich erwarten, dass er mir treu ergeben ist.«

»Und was würden Sie zum Dank dafür tun?«, fragte der kleine Vogel, schaukelte auf einem silbrigen Reis und flatterte mit seinen winzigen Flügeln.

»Ich verstehe Sie nicht«, antwortete der Wasserratz.

»Erlauben Sie mir, Ihnen zu diesem Thema eine Geschichte zu erzählen«, sagte der Grünfink.

»Handelt die Geschichte von mir?«, fragte der Wasserratz. »Wenn ja, so will ich sie mir anhören, denn ich schätze die Erzählkunst über alles.«

»Sie lässt sich auf Sie anwenden«, antwortete der Grünfink; und er flog herab, ließ sich am Ufer nieder und erzählte die »Geschichte vom ergebenen Freund«.

»Es war einmal«, begann der Grünfink, »ein braver kleiner Kerl namens Hans.«

»Zeichnete ihn irgendetwas aus?«, fragte der Wasserratz.

»Nein«, antwortete der Grünfink, »ich glaube, ihn zeichnete ganz und gar nichts aus, bis auf sein gutes Herz und sein lustiges, rundes, gutmütiges Gesicht. Er lebte mutterseelenallein in einer winzigen Hütte, und jeden Tag arbeitete er in seinem

Garten. Im ganzen Land war kein Garten so lieblich wie der seine. Bartnelken wuchsen darin und Levkojen, Hirtentäschel und Steinbrech. Es wuchsen Damaszenerrosen und gelbe Rosen, violette und goldene Krokusse, lila und weiße Veilchen. Akelei und Wiesenschaumkraut, Majoran und Wirbeldost, Himmelsschlüssel und Schwertlilie, Narzisse und Gartennelke blühten und glühten, ein jedes zu seiner Zeit, wie die Monate kamen und gingen. Eine Blume trat an die Stelle der andern, und so gab es immer schöne Dinge zu sehen und köstliche Düfte zu riechen.

Der kleine Hans hatte zahlreiche Freunde, der ergebenste Freund von allen aber war der dicke Hugo, der Müller. Ja, so ergeben war der reiche Müller dem kleinen Hans, dass er nie an dessen Garten vorüberging, ohne sich über die Mauer zu beugen und ein großes Biedermeiersträußchen oder eine Handvoll süßer Kräuter zu pflücken oder, wenn Obstzeit war, sich die Taschen mit Pflaumen und Kirschen vollzustopfen.

›Echte Freunde sollten sich alles teilen‹, pflegte der Müller zu sagen, und der kleine Hans nickte dazu und lächelte und war sehr stolz darauf, einen Freund mit so edlen Ansichten zu haben.

Zwar fanden es die Nachbarn mitunter befremdlich, dass der reiche Müller dem kleinen Hans nie ein Gegengeschenk machte, obgleich er in seiner Mühle hundert Säcke Mehl eingelagert hatte und sechs Milchkühe und eine große Herde Wollschafe besaß; aber Hans zerbrach sich darüber nie den Kopf, und nichts machte ihm mehr Freude, als all den schönen Aussprüchen zu lauschen, die der Müller über die Selbstlosigkeit wahrer Freundschaft tat.

So arbeitete der kleine Hans in seinem Garten vor sich hin. Im Frühling, im Sommer und im Herbst war er sehr vergnügt, doch wenn der Winter kam und er weder Obst noch Blumen hatte, die er zu Markte tragen konnte, litt er sehr unter Kälte und Hunger, und oft musste er zu Bett gehen ohne ein anderes Abendessen als ein paar gedörrte Birnen oder einige harte Nüsse. Auch fühlte er sich im Winter sehr einsam, da ihn der Müller nie besuchen kam.

›Wozu soll es gut sein, den kleinen Hans zu besuchen, solange noch Schnee liegt?‹, pflegte der Müller zu seiner Frau zu sagen. ›Wenn ein Mensch in Nöten ist, sollte man ihn in Frieden lassen und ihn nicht mit Besuchen belästigen. Das ist wenigstens meine Ansicht von Freundschaft, und ich bin überzeugt, dass ich recht habe. Darum will ich warten, bis der Frühling kommt, und dann werde ich ihm einen Besuch abstatten, und er wird mir einen großen Korb voll Primeln schenken können, und das wird ihn ganz vergnügt stimmen.‹

›Du bist anderen gegenüber sehr rücksichtsvoll‹, sagte seine Frau, als sie in ihrem bequemen Lehnstuhl vor dem großen Kiefernholzfeuer saß; ›wirklich sehr rücksichtsvoll. Es ist ein wahrer Genuss, dich über Freundschaft reden zu hören. Ich bin überzeugt, nicht einmal der Pfarrer könnte so schön reden wie du, obgleich er in einem dreistöckigen Haus wohnt und einen goldenen Ring an seinem kleinen Finger trägt.‹

›Aber könnten wir den kleinen Hans nicht zu uns heraufbitten?‹, fragte des Müllers jüngster Sohn. ›Wenn der arme Hans in Nöten ist, so will ich ihm die Hälfte von meinem Haferbrei abgeben und ihm meine weißen Kaninchen zeigen.‹

›Was bist du doch für ein dummer Junge!‹, rief der Müller. ›Ich weiß wirklich nicht, welchen Sinn es hat, dich zur Schule zu schicken. Du scheinst aber auch gar nichts zu lernen. Wenn der kleine Hans hierherkäme und unser warmes Feuer sähe und unser schönes Abendessen und unser großes Fass Rotwein, würde er gar noch neidisch werden, und Neid ist etwas ganz Verwerfliches und verdirbt den Charakter eines jeden. Ich werde gewiss nicht zulassen, dass Hans' Charakter verdorben wird. Ich bin sein bester Freund, und ich werde stets über ihn wachen und dafür sorgen, dass er nicht in Versuchung gerät. Außerdem, wenn Hans hierherkäme, würde er mich gar noch bitten, ihm etwas Mehl auf Borg zu überlassen, und das könnte ich nicht tun. Mehl ist eine Sache, und Freundschaft ist eine andere, und man soll die beiden nicht verwechseln. Schließlich werden die Wörter ganz verschieden buchstabiert und haben ganz verschiedene Bedeutung. Das sieht doch jeder.‹

›Wie gut du reden kannst!‹, sagte die Müllersfrau und goss sich ein großes Glas Warmbier ein. ›Mir wird schon ganz schläfrig. Es ist genau wie in der Kirche.‹

›Viele Menschen handeln gut‹, erwiderte der Müller; ›aber nur sehr wenige Menschen reden gut, was beweist, dass Reden bei weitem das Schwierigere von beiden ist und auch bei weitem das Vornehmere‹; und über den Tisch hinweg sah er streng auf seinen kleinen Sohn, der beschämt den Kopf hängen ließ, purpurrot wurde und in seinen Tee zu weinen begann. Allerdings war er noch so jung, dass man es ihm nachsehen muss.«

»Ist das das Ende der Geschichte?«, fragte der Wasserratz.

»Natürlich nicht«, antwortete der Grünfink, »das ist erst der Anfang.«

»Dann bleiben Sie hinter dem Zeitalter aber weit zurück«, sagte der Wasserratz. »Heutzutage fängt jeder gute Erzähler mit dem Ende an, dann geht er zum Anfang über und schließt in der Mitte. Das ist die neue Methode. Das alles habe ich kürzlich von einem Kritiker gehört, der mit einem jungen Mann um den Teich spazierte. Er ließ sich lang und breit darüber aus, und ich bin überzeugt, dass er recht hatte, denn er trug eine blaue Brille und hatte einen Kahlkopf, und sooft der junge Mann einen Einwurf machte, antwortete er mit einem ›Pah!‹. Aber bitte, fahren Sie in Ihrer Geschichte fort. Der Müller gefällt mir ausgezeichnet. Ich selbst hege auch allerlei schöne Gefühle, sodass großer Seeleneinklang zwischen uns herrscht.«

»Nun«, sagte der Grünfink und hüpfte von einem Bein aufs andere, »sobald der Winter vorüber war und die Primeln ihre blassen gelben Sterne zu öffnen begannen, sagte der Müller zu seiner Frau, er wolle hinuntergehen und den kleinen Hans besuchen.

›Ach, was hast du doch für ein gutes Herz!‹, rief seine Frau. ›Immer denkst du an andere. Und vergiss nicht, den großen Korb für die Blumen mitzunehmen.‹

So band der Müller die Flügel der Windmühle mit einer

starken eisernen Kette fest und ging, den Korb am Arm, den Hügel hinab.

›Guten Morgen, kleiner Hans‹, sagte der Müller.

›Guten Morgen‹, sagte Hans, auf seinen Spaten gestützt, und lächelte bis über beide Ohren.

›Und wie ist es dir den ganzen Winter über ergangen?‹, fragte der Müller.

›Nein wirklich‹, rief Hans, ›wie gütig von dir, dich danach zu erkundigen, wirklich sehr gütig. Leider habe ich ziemlich schwere Zeiten hinter mir, aber jetzt ist der Frühling gekommen, und ich bin recht vergnügt, und all meine Blumen gedeihen.‹

›Wir haben im Winter oft von dir gesprochen, Hans‹, sagte der Müller, ›und uns gefragt, wie es dir wohl ergeht.‹

›Das war sehr lieb von euch‹, sagte Hans; ›ich hatte schon fast befürchtet, ihr hättet mich vergessen.‹

›Hans, ich bin bestürzt über dich‹, sagte der Müller; ›Freundschaft vergisst niemals. Das ist ja das Wunderbare daran, aber ich fürchte, du verstehst dich nicht auf die Poesie des Lebens. Übrigens, wie hübsch deine Primeln aussehen!‹

›Ja, sie sind wirklich sehr hübsch‹, sagte Hans, ›und ich kann von Glück reden, dass ich so viele davon habe. Ich will sie zu Markte tragen und sie der Bürgermeisterstochter verkaufen und mit dem Geld meine Schubkarre auslösen.‹

›Deine Schubkarre auslösen? Willst du damit sagen, du hast sie verpfändet? Was für eine Dummheit!‹

›Nun, die Sache ist die‹, sagte Hans, ›ich konnte nicht anders. Siehst du, der Winter war eine sehr schlimme Zeit für mich, und ich hatte nicht einmal Geld, um mir Brot zu kaufen. Darum habe ich zuerst die silbernen Knöpfe an meinem Sonntagsrock verpfändet, und dann habe ich meine silberne Kette verpfändet, und dann habe ich meine lange Pfeife verpfändet, und zuletzt habe ich meine Schubkarre verpfändet. Aber jetzt werde ich sie alle auslösen.‹

›Hans‹, sagte der Müller, ›ich will dir meine Schubkarre schenken. Zwar ist sie in keinem sehr guten Zustand; ja, es fehlt eine Seite, und die Radspeichen sind entzwei; trotzdem will ich sie dir schenken. Ich weiß, das ist sehr großzügig von mir, und sehr viele Leute werden mich für äußerst töricht halten, dass ich mich von ihr trenne, aber ich bin eben anders als die übrige Welt. Ich finde, Großzügigkeit macht das Wesen der Freundschaft aus, und außerdem habe ich mir bereits eine neue Schubkarre zugelegt. Ja, du kannst ganz beruhigt sein, ich will dir meine Schubkarre schenken.‹

›Nein wirklich, das ist sehr großzügig von dir‹, sagte der kleine Hans, und sein lustiges rundes Gesicht glühte über und über vor Freude. ›Ich kann sie mühelos richten, denn ich habe ein Holzbrett im Haus.‹

›Ein Holzbrett!‹, sagte der Müller. ›Nun, das ist genau das, was ich für mein Scheunendach brauche. Das hat ein großes Loch, und wenn ich es nicht stopfe, wird mir gar noch das Getreide feucht. Welch ein Glück, dass du es erwähnt hast! Es ist doch erstaunlich, wie eine gute Tat stets eine andere nach sich zieht. Ich habe dir meine Schubkarre geschenkt, und nun willst du mir dein Brett schenken. Natürlich ist die Schubkarre viel mehr wert als das Brett, aber wahre Freundschaft achtet auf dergleichen nicht. Bitte hole es doch gleich, und noch heute will ich mit der Arbeit an meiner Scheune beginnen.‹

›Aber ja‹, rief der kleine Hans, und er lief in den Schuppen und schleppte das Brett herbei.

›Sehr groß ist das Brett ja nicht‹, sagte der Müller, als er es begutachtete, ›und ich fürchte, wenn ich mein Scheunendach geflickt habe, wird nichts mehr für dich übrig bleiben, um die Schubkarre zu flicken; aber das ist natürlich nicht meine Schuld. Und nun, da ich dir meine Schubkarre geschenkt habe, wirst du mir zum Dank dafür sicher einige Blumen schenken wollen. Hier ist der Korb, und vergiss nicht, ihn bis zum Rand zu füllen.‹

›Bis zum Rand?‹, fragte der kleine Hans recht betrübt, denn es war wirklich ein sehr großer Korb, und er wusste, wenn er ihn füllte, würden ihm keine Blumen mehr für den Markt bleiben, und er war sehr bestrebt, seine silbernen Knöpfe wiederzubekommen.

›Also wirklich‹, antwortete der Müller, ›da ich dir meine Schubkarre geschenkt habe, finde ich, dass es nicht zu viel von dir verlangt ist, mir ein paar Blumen abzutreten. Vielleicht irre ich ja, aber ich hätte doch gedacht, dass Freundschaft, wahre Freundschaft, von jeder Art Selbstsucht ganz frei ist.‹

›Mein lieber Freund, mein bester Freund‹, rief der kleine Hans, ›du sollst alle Blumen in meinem Garten haben. An deiner guten Meinung liegt mir allezeit mehr als an meinen silbernen Knöpfen‹; und er lief hin, pflückte all seine hübschen Primeln und füllte damit des Müllers Korb.

›Auf Wiedersehen, kleiner Hans‹, sagte der Müller und stieg mit dem Brett auf der Schulter und dem großen Korb in der Hand den Hügel hinan.

›Auf Wiedersehen‹, sagte der kleine Hans und begann ganz fröhlich zu graben, so erfreut war er über die Schubkarre.

Tags darauf nagelte er gerade ein paar Geißblattranken am Vordach an, als er die Stimme des Müllers hörte, der von der Straße her nach ihm rief. So sprang er von der Leiter, lief durch den Garten und spähte über die Mauer.

Da stand der Müller mit einem großen Sack Mehl auf dem Rücken.

›Lieber kleiner Hans‹, sagte der Müller, ›hättest du etwas dagegen, diesen Sack Mehl für mich zu Markte zu tragen?‹

›Oh, es tut mir so leid‹, sagte Hans, ›aber heute habe ich wirklich sehr viel zu tun. Ich muss all meine Kletterpflanzen annageln und all meine Blumen gießen und meinen ganzen Rasen walzen.‹

›Also wirklich‹, sagte der Müller, ›wenn man bedenkt, dass ich dir meine Schubkarre schenken will, finde ich es recht unfreundlich von dir, mir meine Bitte abzuschlagen.‹

›Oh, sag das nicht‹, rief der kleine Hans, ›nicht um alles in der Welt möchte ich unfreundlich sein‹; und er lief ins Haus, um seine Mütze zu holen, und stapfte mit dem großen Sack auf den Schultern davon.

Es war ein sehr heißer Tag, und die Landstraße war furchtbar staubig, und noch ehe Hans den sechsten Meilenstein erreicht hatte, war er so müde, dass er sich hinsetzen und ausruhen musste. Doch beherzt setzte er seinen Weg fort und gelangte schließlich zum Markt. Nachdem er längere Zeit dort gewartet hatte, verkaufte er den Sack Mehl zu einem sehr guten Preis, und dann trat er sogleich den Heimweg an, denn er fürchtete, unterwegs Räubern in die Hände zu fallen, wenn er allzu lange verweilte.

›Das war wirklich ein mühevoller Tag‹, sagte der kleine Hans bei sich, als er zu Bett ging, ›aber ich bin doch froh, dass ich dem Müller die Bitte nicht abgeschlagen habe, denn er ist mein bester Freund, und noch dazu will er mir seine Schubkarre schenken.‹

Am nächsten Morgen in der Frühe kam der Müller herunter, um das Geld für seinen Sack Mehl zu holen, aber der kleine Hans war so müde, dass er noch im Bett lag.

›Auf mein Wort‹, sagte der Müller, ›du bist sehr faul. Wirklich, wenn man bedenkt, dass ich dir meine Schubkarre schenken will, finde ich, du könntest fleißiger arbeiten. Müßiggang ist aller Laster Anfang, und ich sehe es durchaus nicht gern, wenn einer meiner Freunde müßig oder träge ist. Du darfst es mir nicht verübeln, dass ich so offen mit dir rede. Natürlich würde es mir nicht im Traum einfallen, wenn ich nicht dein Freund wäre. Aber wozu soll Freundschaft gut sein, wenn man nicht aufrichtig seine Meinung sagen kann? Ein jeder kann charmante Dinge sagen und danach trachten, zu gefallen und sich einzuschmeicheln, ein wahrer Freund aber sagt stets das

Unangenehme und scheut sich nicht, den anderen zu kränken. Ja, wenn er ein wahrhaft treuer Freund ist, so zieht er dieses vor, denn er weiß, dass er Gutes tut.‹

›Es tut mir sehr leid‹, sagte der kleine Hans, und er rieb sich die Augen und nahm seine Schlafmütze ab, ›aber ich war so müde, dass ich dachte, ich würde ein Weilchen im Bett liegen bleiben und dem Gesang der Vögel lauschen. Weißt du, dass ich besser arbeiten kann, wenn ich die Vögel habe singen hören?‹

›Nun, das freut mich‹, sagte der Müller und klopfte dem kleinen Hans auf den Rücken, ›denn ich möchte, dass du, sobald du angekleidet bist, zur Mühle heraufkommst und mir mein Scheunendach flickst.‹

Der arme kleine Hans war sehr darauf bedacht, in seinem Garten zu arbeiten, denn seine Blumen waren schon seit zwei Tagen nicht mehr gegossen worden, doch er schlug dem Müller nur ungern eine Bitte ab, weil er ihm ein so guter Freund war.

›Würdest du mich für unfreundlich halten, wenn ich dir sagte, dass ich zu tun habe?‹, erkundigte er sich schüchtern und zaghaft.

›Also wirklich‹, antwortete der Müller, ›ich finde, dass es nicht zu viel von dir verlangt ist, wenn man bedenkt, dass ich dir meine Schubkarre schenken will; aber wenn du mir die Bitte abschlägst, werde ich natürlich hingehen und es selbst besorgen.‹

›Oh! unter keinen Umständen‹, rief der kleine Hans; und

er sprang aus dem Bett, kleidete sich an und lief zur Scheune hinauf.

Dort arbeitete er den ganzen Tag bis Sonnenuntergang, und bei Sonnenuntergang kam der Müller, um nachzusehen, wie es mit der Arbeit voranging.

›Hast du das Loch im Dach schon geflickt, kleiner Hans?‹, rief der Müller beschwingt.

›Es ist vollständig geflickt‹, antwortete der kleine Hans und stieg die Leiter herab.

›Ach!‹, sagte der Müller, ›es ist doch keine Arbeit so angenehm wie die Arbeit, die man für andere tut.‹

›Es ist allerdings ein großes Privileg, dich reden zu hören‹, erwiderte der kleine Hans, setzte sich hin und wischte sich die Stirn, ›ein sehr großes Privileg. Aber ich fürchte, so schöne Ansichten wie du werde ich nie haben.‹

›Oh! die werden dir schon kommen‹, sagte der Müller, ›du musst dir nur mehr Mühe geben. Vorläufig bist du nur mit der Praxis der Freundschaft vertraut; eines Tages wirst du auch mit ihrer Theorie vertraut sein.‹

›Meinst du wirklich?‹, fragte der kleine Hans.

›Ich zweifle nicht daran‹, antwortete der Müller, ›aber nun, da du das Dach geflickt hast, solltest du heimgehen und dich ausruhen, denn ich möchte, dass du morgen meine Schafe auf den Berg treibst.‹

Der arme kleine Hans wagte nicht, etwas dagegen zu sagen, und am nächsten Morgen in der Frühe brachte der Müller seine Schafe zur Hütte, und Hans machte sich mit ihnen auf zum

Berg. Für den Hin- und Rückweg brauchte er den ganzen Tag; und als er heimkam, war er so müde, dass er in seinem Lehnstuhl einschlief und nicht eher erwachte, als bis es helllichter Tag war.

›Welch köstliche Stunden ich in meinem Garten verbringen werde!‹, sagte er und ging gleich an die Arbeit.

Aber nie war es ihm vergönnt, sich um seine Blumen zu kümmern, denn immerzu kam sein Freund, der Müller, vorbei und schickte ihn auf langwierige Botengänge oder brachte ihn dazu, ihm in der Mühle zu helfen. Manchmal war der kleine Hans sehr bedrückt, denn er fürchtete, seine Blumen könnten glauben, er habe sie vergessen, aber dann tröstete er sich mit dem Gedanken, dass der Müller sein bester Freund war. ›Noch dazu‹, sagte er sich oft, ›will er mir seine Schubkarre schenken, und das ist ein Akt reiner Großzügigkeit.‹

So arbeitete der kleine Hans für den Müller, und der Müller tat allerlei schöne Aussprüche über die Freundschaft, die Hans in ein Notizbuch eintrug und des Nachts durchlas, denn er war ein sehr gelehriger Schüler.

Nun trug es sich zu, dass der kleine Hans eines Abends an seinem Kamin saß, da klopfte es laut an die Tür. Es war eine sehr stürmische Nacht, und der Wind tobte und heulte so schrecklich ums Haus, dass Hans zuerst dachte, es sei der Sturm. Aber es klopfte ein zweites und dann noch ein drittes Mal, mit jedem Mal lauter als zuvor.

›Das wird ein armer Wandersmann sein‹, sagte der kleine Hans bei sich und lief zur Tür.

Da stand der Müller mit einer Laterne in der einen Hand und einem großen Stecken in der anderen.

›Lieber kleiner Hans‹, rief der Müller, ›ich bin in großen Nöten. Mein kleiner Junge ist von der Leiter gestürzt und hat sich verletzt, und ich muss den Arzt holen. Aber der wohnt so weit weg, und die Nacht ist so schlimm, dass mir eben einfällt, es wäre viel besser, wenn du an meiner Stelle gingest. Du weißt, ich will dir meine Schubkarre schenken, und so ist es nur billig, dass du zum Dank dafür auch einmal etwas für mich tust.‹

›Aber ja‹, rief der kleine Hans, ›ich betrachte es als großes Kompliment, dass du zu mir gekommen bist, und werde mich sogleich auf den Weg machen. Aber du musst mir deine Laterne leihen, denn die Nacht ist so dunkel, dass ich fürchte, ich könnte in den Graben fallen.‹

›Es tut mir sehr leid‹, entgegnete der Müller, ›aber das ist meine neue Laterne, und es wäre ein großer Verlust für mich, wenn sie Schaden litte.‹

›Nun, das macht nichts, ich werde auch ohne sie auskommen‹, rief der kleine Hans, und er nahm seinen großen Pelzrock und seine warme scharlachrote Mütze vom Nagel, schlang sich einen dicken Schal um den Hals und machte sich auf den Weg.

Was für ein garstiger Sturm es war! Die Nacht war so schwarz, dass der kleine Hans kaum die Hand vor den Augen sehen konnte, und der Wind blies so stark, dass er Mühe hatte, sich auf den Beinen zu halten. Aber er kämpfte sich tapfer voran, und nachdem er etwa drei Stunden gelaufen war, kam er zum Haus des Arztes und klopfte an die Tür.

›Wer da?‹, rief der Arzt und steckte den Kopf zum Schlafzimmerfenster heraus.

›Der kleine Hans, Doktor.‹

›Was willst du, kleiner Hans?‹

›Des Müllers Sohn ist von der Leiter gestürzt und hat sich verletzt, und der Müller möchte, dass Ihr sofort kommt.‹

›Ist recht!‹, sagte der Arzt; und er ließ sich sein Pferd, seine hohen Stiefel und seine Laterne bringen, kam die Stiege herab und ritt dem Haus des Müllers zu, und der kleine Hans stapfte hinterdrein.

Aber der Sturm wurde ärger und ärger, und der Regen rauschte in Sturzbächen herab, und der kleine Hans konnte weder sehen, wo er hintrat, noch mit dem Pferd Schritt halten. Schließlich kam er vom Weg ab und verirrte sich ins Moor, das ein sehr gefährliches Gelände war, voll tiefer Wasserlöcher, und dort ertrank der arme kleine Hans. Tags darauf wurde sein Leichnam, in einem großen Tümpel treibend, von einigen Ziegenhirten gefunden und zur Hütte zurückgebracht.

Jedermann kam zum Begräbnis des kleinen Hans, da er so beliebt gewesen war, und der, der am meisten trauerte, war der Müller.

›Da ich sein bester Freund war‹, sagte der Müller, ›ist es nur billig, dass ich den besten Platz bekomme‹; und so schritt er in einem langen schwarzen Umhang an der Spitze des Trauergefolges und wischte sich dann und wann mit einem großen Taschentuch die Augen.

›Der Tod des kleinen Hans ist ein schwerer Verlust für jeden‹, sagte der Hufschmied, als das Begräbnis vorbei war und sie alle behaglich im Wirtshaus saßen, gewürzten Wein tranken und süße Kuchen aßen.

›Jedenfalls ein schwerer Verlust für mich‹, erwiderte der Müller, ›hatte ich ihm meine Schubkarre doch schon so gut wie geschenkt, und nun weiß ich wirklich nicht, was ich damit anfangen soll. Zu Hause steht sie mir nur im Weg, und sie ist in einem so schlechten Zustand, dass ich nichts dafür bekäme, wenn ich sie verkaufen wollte. Ich werde mich gewiss hüten, jemals wieder etwas herzuschenken. Man hat doch nur den Schaden, wenn man großzügig ist.‹«

»Nun?«, fragte der Wasserratz nach einer langen Pause.

»Nun, das ist das Ende«, sagte der Grünfink.

»Aber was wurde aus dem Müller?«, fragte der Wasserratz.

»Oh! das weiß ich wirklich nicht«, erwiderte der Grünfink; »und es ist mir auch ganz einerlei.«

»Daraus lässt sich deutlich ersehen, dass Anteilnahme Ihrer Natur fremd ist«, sagte der Wasserratz.

»Ich fürchte, Sie verstehen die Moral von der Geschichte nicht ganz«, bemerkte der Grünfink.

»Die was?«, kreischte der Wasserratz.

»Die Moral.«

»Wollen Sie damit sagen, die Geschichte hat eine Moral?«

»Allerdings«, sagte der Grünfink.

»Also wirklich«, sagte der Wasserratz höchst entrüstet, »ich finde, das hätten Sie mir sagen sollen, bevor Sie anfangen. Dann hätte ich Ihnen nämlich ganz gewiss nicht zugehört;

vielmehr hätte ich ›Pah!‹ gesagt wie jener Kritiker. Das kann ich allerdings auch jetzt noch tun«; und so schrie er aus Leibeskräften »Pah!«, wippte mit dem Schwanz und schlüpfte zurück in sein Loch.

»Und wie gefällt Ihnen der Wasserratz?«, fragte die Ente, die wenige Minuten später angepaddelt kam. »Er hat viele gute Seiten, aber ich für mein Teil hege mütterliche Gefühle und kann einen eingefleischten Junggesellen nie ansehen, ohne dass mir die Tränen kommen.«

»Ich fürchte fast, ich habe ihn vergrätzt«, antwortete der Grünfink. »Ich habe ihm nämlich eine Geschichte mit Moral erzählt.«

»Ach! das ist immer eine sehr gefährliche Sache«, sagte die Ente.

Und da bin ich ganz ihrer Meinung.

Der bemerkenswerte Raketerich

Der Sohn des Königs wollte sich vermählen, und so herrschte allenthalben großer Jubel. Ein ganzes Jahr hatte er auf seine Braut gewartet, und nun war sie endlich gekommen. Sie war eine russische Prinzessin und hatte den ganzen weiten Weg von Finnland in einem Schlitten zurückgelegt, von sechs Rentieren gezogen. Der Schlitten hatte die Form eines großen goldenen Schwans, und zwischen den Flügeln des Schwans ruhte die kleine Prinzessin selbst. Ihr langer Hermelinmantel reichte ihr bis zu den Füßen, auf ihrem Kopf saß eine winzige Haube aus silbernem Flor, und sie war so bleich wie der Schneepalast, in dem sie bisher gewohnt hatte. So bleich war sie, dass alles Volk sich verwunderte, als sie durch die Straßen fuhr. »Sie ist wie eine weiße Rose!«, rief man und streute von den Balkonen Blumen auf sie hinab.

Am Schlosstor wartete schon der Prinz, um sie zu empfangen. Er hatte verträumte Veilchenaugen, und sein Haar war wie feines Gold. Als er sie erblickte, sank er aufs Knie und küsste ihr die Hand.

»Dein Bildnis war bezaubernd schön«, sagte er leise zu ihr, »aber du bist noch schöner als dein Bildnis«; und die kleine Prinzessin errötete.

»Zuvor war sie wie eine weiße Rose«, sagte ein junger Page zu seinem Nachbarn, »nun aber ist sie wie eine rote Rose«; und der gesamte Hof war entzückt.

Während der nächsten drei Tage ging ein jeder umher und

sagte: »Weiße Rose, Rote Rose, Rote Rose, Weiße Rose«, und der König gab Befehl, dem Pagen das Gehalt zu verdoppeln. Da dieser gar kein Gehalt bezog, nützte ihm das nicht viel, aber es galt doch als große Ehre und wurde ordnungsgemäß im Hofanzeiger bekannt gegeben.

Als die drei Tage um waren, wurde Hochzeit gefeiert. Es war eine glanzvolle Zeremonie, und Braut und Bräutigam schritten Hand in Hand unter einem Baldachin aus purpurnem Samt einher, der mit kleinen Perlen bestickt war. Danach gab es ein Staatsbankett, das fünf Stunden dauerte. Der Prinz und die Prinzessin saßen obenan im Großen Saal und tranken aus einem Pokal von klarem Kristall. Nur wahre Liebende durften aus diesem Pokal trinken, denn sowie falsche Lippen ihn berührten, wurde er grau, trüb und stumpf.

»Es ist ganz klar, dass sie einander lieben«, sagte der kleine Page, »klar wie Kristall!«; und der König verdoppelte ein zweites Mal sein Gehalt. »Welche Ehre!«, riefen all die Höflinge.

Nach dem Bankett sollte ein Ball gegeben werden. Die Braut und der Bräutigam sollten miteinander den Rosentanz tanzen, und der König hatte versprochen, die Flöte zu spielen. Er spielte sehr schlecht, aber niemand hatte je gewagt, ihm das zu sagen, denn er war der König. Tatsächlich kannte er nur zwei Melodien und war nie ganz sicher, welche von beiden er gerade spielte; aber das tat nichts, denn was immer er spielte, ein jeder rief aus: »Bezaubernd! wie bezaubernd!«

Der letzte Programmpunkt war ein großes Feuerwerk, das sollte Schlag Mitternacht abgebrannt werden. Die kleine Prinzessin hatte noch nie in ihrem Leben ein Feuerwerk gesehen, und so hatte der König Befehl gegeben, dass der Königliche Pyrotechniker an ihrem Hochzeitstag zugegen sein sollte.

»Was ist das, ein Feuerwerk?«, hatte sie eines Morgens den Prinzen gefragt, als sie auf der Terrasse wandelte.

»Es ist wie die Aurora Borealis«, hatte der König erklärt, der immer Fragen beantwortete, die an andere gerichtet waren, »nur viel natürlicher. Ich persönlich ziehe Feuerwerk den Sternen vor, weil man stets weiß, wann es in Erscheinung treten wird, und es ist so entzückend wie mein Flötenspiel. Du musst es dir unbedingt ansehen.«

So hatte man am Ende des Königlichen Gartens eine große Tribüne errichtet, und sobald der Königliche Pyrotechniker alles an seinen Platz gestellt hatte, begannen die Feuerwerkskörper untereinander zu plaudern.

»Die Welt ist wirklich wunderschön«, rief ein kleiner Schwärmer. »Sehen Sie sich nur die gelben Tulpen an. Sie könnten nicht schöner sein, wenn sie echte Böller wären. Ich bin sehr froh, dass ich so weit gereist bin. Reisen erweitert den Horizont und räumt mit allen Vorurteilen auf.«

»Des Königs Garten ist nicht die Welt, Sie närrischer Schwärmer«, sagte eine große Römische Kerze; »die Welt ist ungeheuer groß, und Sie würden volle drei Tage brauchen, um sie gründlich zu erkunden.«

»Jeder Ort, den man liebt, ist einem die Welt«, rief das nachdenkliche Feuerrad, eine Dame, die in früher Jugend einem alten Spankästchen verbunden gewesen war und sich eines gebrochenen Herzens rühmte; »aber die Liebe ist aus der Mode geraten, die Dichter haben sie getötet. So viel haben sie darüber geschrieben, dass ihnen niemand mehr glaubt, und das überrascht mich nicht. Wahre Liebe duldet stumm. Ich erinnere mich noch, wie ich einst – aber das spielt jetzt auch keine Rolle mehr. Die romantische Liebe gehört der Vergangenheit an.«

»Unfug!«, sagte die Römische Kerze. »Die romantische Liebe stirbt nie. Sie ist wie der Mond und lebt ewig. Die Braut und der Bräutigam zum Beispiel lieben einander sehr innig. Heute Morgen habe ich alles über sie von einem Kanonenschlag gehört, der zufällig in demselben Schubfach lag wie ich und die neuesten Hofnachrichten kannte.«

Aber die Dame, das Feuerrad, schüttelte den Kopf. »Die romantische Liebe ist tot, die romantische Liebe ist tot, die romantische Liebe ist tot«, murmelte sie. Sie gehörte zu den Leuten, die glauben, wenn man etwas nur oft genug wiederholt, wird es am Ende wahr.

Plötzlich ließ sich ein scharfes, trockenes Hüsteln vernehmen, und alle sahen sich um.

Es kam von einem schlanken, hochmütig wirkenden Raketerich, der an die Spitze eines langen Stockes gebunden war. Bevor er eine Bemerkung machte, hüstelte er stets, um die Aufmerksamkeit auf sich zu lenken.

»Ähem! Ähem!«, sagte er, und alle horchten auf außer dem armen Feuerrad, das noch immer den Kopf schüttelte und murmelte: »Die romantische Liebe ist tot.«

»Zur Ordnung! Zur Ordnung!«, rief ein Böller. Er war so etwas wie ein Politiker und hatte stets eine herausragende Rolle bei den Gemeindewahlen gespielt, und so wusste er die passenden parlamentarischen Ausdrücke zu verwenden.

»Ganz tot«, flüsterte das Feuerrad und schlief ein.

Sobald vollkommenes Schweigen herrschte, hüstelte der Raketerich ein drittes Mal und begann. Er sprach sehr langsam und deutlich, als diktiere er seine Memoiren, und dabei schaute er stets über die Schulter desjenigen, mit dem er gerade redete. Tatsächlich hatte er eine sehr vornehme Art.

»Welch ein Glück für des Königs Sohn«, bemerkte er, »dass er sich gerade an dem Tag vermählt, an dem ich abgefeuert werden soll! Selbst wenn es im Voraus arrangiert worden wäre, hätte es nicht besser für ihn kommen können; aber Prinzen haben eben immer Glück.«

»Ach je!«, sagte der kleine Schwärmer. »Ich dachte, es verhielte sich genau umgekehrt, und wir sollten zu Ehren des Prinzen abgebrannt werden.«

»Das mag wohl bei Ihnen so sein«, entgegnete der Raketerich; »in der Tat, ich zweifle nicht daran, dass es so ist, aber bei mir ist das anders. Ich bin ein höchst bemerkenswerter Raketerich und stamme von bemerkenswerten Eltern. Meine Mutter war das gefeiertste Feuerrad ihrer Zeit und berühmt für ihren graziösen Tanz. Als sie ihren großen öffentlichen Auftritt hatte, drehte sie sich neunzehn Mal um sich selbst, bevor sie erlosch, und bei jeder Umdrehung warf sie sieben rosa Sterne aus. Sie maß dreieinhalb Fuß im Durchmesser und war aus dem besten Schwarzpulver gemacht. Mein Vater war ein Raketerich wie ich und französischer Abkunft. Er flog so hoch, dass die Leute schon befürchteten, er würde nie wieder herunterkommen. Aber dann tat er es doch, denn er war von liebenswürdigem Wesen, und ging in einem glitzernden goldenen Funkenregen nieder. Die Zeitungen berichteten mit höchst schmeichelhaften Worten über seine Darbietung. Ja, der Hofanzeiger nannte ihn einen Triumph der pylotechnischen Kunst.«

»Pyrotechnisch, meinen Sie, pyrotechnisch«, sagte ein Bengalisches Licht; »ich weiß, es heißt pyrotechnisch, denn so sah ich es auf meiner Blechdose geschrieben.«

»Nun, ich sagte pylotechnisch«, entgegnete der Raketerich in scharfem Ton, und das Bengalische Licht fühlte sich davon so zermalmt, dass es sogleich begann, die kleinen Schwärmer einzuschüchtern, um zu beweisen, dass es noch immer eine Person von einiger Bedeutung war.

»Ich sagte«, fuhr der Raketerich fort, »ich sagte – was sagte ich doch gleich?«

»Sie hatten von sich gesprochen«, erwiderte die Römische Kerze.

»Natürlich; ich wusste doch, dass ich gerade ein interessantes Thema erörterte, als ich so unhöflich unterbrochen wurde. Ich verabscheue jede Art Unhöflichkeit und schlechte Manieren, denn ich bin äußerst sensibel. Auf der ganzen Welt ist niemand so sensibel wie ich, davon bin ich überzeugt.«

»Was ist das, eine sensible Person?«, fragte der Böller die Römische Kerze.

»Eine Person, die, weil sie selbst Hühneraugen hat, anderen Leuten immerzu auf die Zehen tritt«, antwortete die Römische Kerze in leisem Flüsterton; und der Böller explodierte fast vor Lachen.

»Bitte sehr, worüber lachen Sie?«, erkundigte sich der Raketerich. »Ich lache nicht.«

»Ich lache, weil ich vergnügt bin«, erwiderte der Böller.

»Das ist ein sehr selbstsüchtiger Grund«, sagte der Raketerich gereizt. »Welches Recht haben Sie, vergnügt zu sein? Sie sollten an andere denken. Genauer gesagt, Sie sollten an mich denken. Ich denke immerzu an mich, und ich erwarte von jedem, dass er das Gleiche tut. Das nennt man Anteilnahme. Es ist eine schöne Tugend, und ich besitze sie in hohem Maße. Angenommen zum Beispiel, heute Nacht stieße mir etwas zu, welch ein Unglück wäre das für jedermann! Der Prinz und die Prinzessin würden nie wieder glücklich sein, ihr ganzes eheliches Leben wäre ruiniert; und was den König betrifft, so weiß ich, dass er nicht darüber hinwegkommen würde. Wahrhaftig, wenn ich über die Bedeutung meiner Stellung nachzudenken beginne, bin ich fast zu Tränen gerührt.«

»Wenn Sie anderen Vergnügen bereiten wollen«, rief die Römische Kerze, »sollten Sie sich lieber trocken halten.«

»Gewiss«, rief das Bengalische Licht, das mittlerweile besser gelaunt war; »das sagt schon der gewöhnliche Verstand.«

»Gewöhnlicher Verstand, von wegen!«, sagte der Raketerich empört. »Sie vergessen, dass ich sehr ungewöhnlich bin und höchst bemerkenswert. Gewöhnlichen Verstand kann schließlich jeder haben, vorausgesetzt, er besitzt keine Einbildungskraft. Ich aber besitze Einbildungskraft, denn ich denke mir die Dinge nie so, wie sie wirklich sind; ich denke sie mir immer ganz anders. Und wenn es darum geht, sich trocken zu halten, so weiß offensichtlich niemand hier eine empfindsame Natur zu schätzen. Zu meinem Glück berührt mich das nicht. Was einem im Leben Kraft verleiht, ist einzig und allein das Wissen um die unermessliche Minderwertigkeit aller anderen, und diese Gesinnung habe ich stets kultiviert. Aber keiner von Ihnen hat Herz. Hier sind Sie und lachen und scherzen, gerade so, als seien der Prinz und die Prinzessin nicht soeben vermählt worden.«

»Also wirklich«, rief eine kleine Feuerkugel aus, »warum denn nicht? Es ist ein ausgesprochen freudiger Anlass, und wenn ich in die Lüfte aufsteige, beabsichtige ich, den Sternen alles darüber zu berichten. Sie werden sie funkeln sehen, wenn ich ihnen von der hübschen Braut erzähle.«

»Ach! was für eine triviale Lebenseinstellung!«, sagte der Raketerich. »Aber ich habe nichts anderes erwartet. In Ihnen ist nichts; hohl und leer sind Sie. Vielleicht ziehen der Prinz und die Prinzessin ja in ein Land, wo ein tiefer Fluss fließt; und vielleicht haben sie nur einen einzigen Sohn, einen kleinen blonden Knaben mit Veilchenaugen wie der Prinz selbst; und vielleicht geht er eines Tages mit seiner Kinderfrau spazieren; und vielleicht schläft die Kinderfrau unter einem großen Holunderbaum ein; und vielleicht fällt der kleine Knabe in den tiefen Fluss und ertrinkt. Welch grässliches Unglück! Die armen Leute, ihren einzigen Sohn zu verlieren! Es ist wirklich zu schrecklich! Ich werde nie darüber hinwegkommen.«

»Aber sie haben ihren einzigen Sohn ja nicht verloren«, sagte die Römische Kerze; »ihnen ist gar kein Unglück widerfahren.«

»Ich habe nie behauptet, dass sie ihn verloren haben«, erwiderte der Raketerich; »ich habe gesagt, sie könnten ihn verlieren. Hätten sie ihren einzigen Sohn wirklich verloren, so hätte es keinen Sinn, auch nur ein Wort über die Angelegenheit zu sagen. Ich verabscheue Leute, die ein Unglück ungeschehen machen wollen. Aber wenn ich mir vorstelle, sie könnten ihren einzigen Sohn verlieren, bin ich wirklich zutiefst affiziert.«

»Das sind Sie wahrhaftig!«, rief das Bengalische Licht. »Sie sind in der Tat die affektierteste Person, der ich je begegnet bin.«

»Und Sie die unhöflichste Person, der ich je begegnet bin«, sagte der Raketerich, »Sie können meine freundschaftlichen Gefühle für den Prinzen nicht nachempfinden.«

»Ach was, Sie kennen ihn doch gar nicht«, brummte die Römische Kerze.

»Ich habe nie behauptet, dass ich ihn kenne«, antwortete der Raketerich. »Ich darf wohl sagen, wenn ich ihn kennte, wäre ich ganz gewiss nicht sein Freund. Es ist eine sehr gefährliche Sache, seine Freunde zu kennen.«

»Sie sollten sich wirklich lieber trocken halten«, sagte die Feuerkugel. »Das ist das Wichtigste.«

»Wichtig für Sie, daran zweifle ich nicht«, entgegnete der

Raketerich, »ich aber werde weinen, wann es mir beliebt«; und tatsächlich brach er in echte Tränen aus, die wie Regentropfen an seinem Stock herunterrannen und beinahe zwei kleine Käfer ertränkt hätten, die gerade daran dachten, einen gemeinsamen Hausstand zu gründen, und sich nach einem hübschen trockenen Plätzchen umsahen, wo sie wohnen könnten.

»Er muss eine wahrhaft romantische Natur sein«, sagte die Dame, das Feuerrad, »denn er weint, wo es gar nichts zu weinen gibt«; und sie stieß einen tiefen Seufzer aus und dachte an das Spankästchen.

Die Römische Kerze und das Bengalische Licht aber waren ganz empört und riefen immer wieder aus Leibeskräften: »Humbug! Humbug!« Sie waren ungemein praktisch veranlagt, und sooft sie etwas zu beanstanden hatten, nannten sie es immer gleich Humbug.

Dann ging der Mond auf wie ein wunderbarer Schild von Silber; und die Sterne begannen zu leuchten, und vom Palast her ertönte Musik.

Der Prinz und die Prinzessin führten den Tanz an. Sie tanzten so schön, dass die hohen weißen Lilien neugierig durchs Fenster lugten und ihnen zusahen, und die großen roten Mohnblumen nickten mit den Köpfen dazu im Takt.

Dann schlug die Glocke zehn, und dann elf, und dann zwölf, und beim letzten Schlag Mitternacht traten alle hinaus auf die Terrasse, und der König sandte nach dem Königlichen Pyrotechniker.

»Er lasse das Feuerwerk beginnen«, sagte der König; und

der Königliche Pyrotechniker machte eine tiefe Verbeugung und marschierte hinunter zum Ende des Gartens. Er hatte sechs Gehilfen dabei, von denen jeder am Ende einer langen Stange eine brennende Fackel trug.

Es war wirklich ein prächtiges Schauspiel.

Schwirr! Schwirr!, machte das Feuerrad, während es sich um sich selbst drehte. Bumm! Bumm!, machte die Römische Kerze. Dann tanzten die Schwärmer über den Himmel, und das Bengalische Licht färbte alles scharlachrot. »Leben Sie wohl«, rief die Feuerkugel, als sie aufstieg und winzige blaue Funken versprühte. Peng! Peng!, antworteten die Böller, die sich köstlich amüsierten. Jeder Feuerwerkskörper war ein großer Erfolg, nur der Bemerkenswerte Raketerich nicht. Vom Weinen war er so feucht geworden, dass er überhaupt nicht losgehen konnte. Das Beste an ihm war das Schwarzpulver, und das war so nass vor Tränen, dass es unbrauchbar war. All seine armen Verwandten, mit denen er nie anders als höhnisch gesprochen hatte, schossen in den Himmel auf wie wunderschöne goldene Blumen mit Blüten von Feuer. Heißa! Heißa!, rief der Hof; und die kleine Prinzessin lachte vor Vergnügen.

»Ich vermute, man spart mich für einen besonders festlichen Anlass auf«, sagte der Raketerich; »zweifellos ist das der Sinn der Sache«, und er blickte hochmütiger drein denn je.

Tags darauf kamen die Arbeiter, um alles aufzuräumen. »Das ist offensichtlich eine Abordnung«, sagte der Raketerich; »ich werde sie mit geziemender Würde empfangen«, und so reckte er die Nase in die Höhe und runzelte streng die Stirn, als dächte er über ein höchst wichtiges Thema nach. Aber sie nahmen überhaupt keine Notiz von ihm, bis sie sich endlich zum Gehen anschickten. Da erst erblickte ihn einer der Arbeiter. »Nanu!«, rief er. »Was für eine schlechte Rakete!«, und er schleuderte ihn über die Mauer in den Graben.

»SCHLECHTE RAKETE? SCHLECHTE RAKETE?«, sagte er, als er durch die Luft wirbelte. »Unmöglich! PRÄCHTIGE RAKETE, das ist es, was der Mann gesagt hat. SCHLECHT und PRÄCHTIG klingen zum Verwechseln ähnlich, ja, oft laufen sie auf das Gleiche hinaus«; und er fiel in den Morast.

»Gemütlich ist es hier nicht gerade«, bemerkte er, »aber ohne Zweifel handelt es sich um einen eleganten Kurort, und man hat mich eigens hierhergeschickt, um meine Gesundheit wiederherzustellen. Meine Nerven sind wirklich völlig zerrüttet, und ich bin der Ruhe bedürftig.«

Da schwamm ein kleiner Frosch mit glänzenden Juwelenaugen und einem grünen, gesprenkelten Rock auf ihn zu.

»Ein Neuankömmling, wie ich sehe!«, sagte der Frosch. »Nun, es geht doch nichts über Morast. Man gebe mir regnerisches Wetter und einen Graben, und ich bin recht vergnügt. Glauben Sie, heute Nachmittag wird es regnen? Ich hoffe es sehr, aber der Himmel ist ganz blau und wolkenlos. Welch ein Jammer!«

»Ähem! Ähem!«, sagte der Raketerich und begann zu hüsteln.

»Was für eine entzückende Stimme Sie haben!«, rief der Frosch. »Wirklich, sie hört sich an wie Gequake, und natürlich ist Gequake der musikalischste Klang auf der Welt. Heute Abend werden Sie unseren Gesangsverein hören. Wir sitzen in dem alten Ententeich nahe dem Bauernhaus, und sobald der Mond aufgeht, fangen wir an. Es ist so bezaubernd, dass jedermann wach liegt, um uns zuzuhören. Ja, erst gestern hörte ich die Bauersfrau zu ihrer Mutter sagen, unseretwegen könne sie nachts kein Auge zutun. Es ist doch höchst erfreulich, so beliebt zu sein.«

»Ähem! Ähem!«, sagte der Raketerich gereizt. Er war sehr erbost, weil er nicht zu Wort kam.

»Eine entzückende Stimme, gewiss«, fuhr der Frosch fort. »Ich hoffe, Sie werden hinüberkommen zum Ententeich. Ich muss jetzt fort, meine Töchter suchen. Ich habe sechs wunderschöne Töchter und komme fast um vor Angst, der Hecht könnte ihnen begegnen. Er ist ein wahres Ungeheuer und würde sie bedenkenlos zum Frühstück verspeisen. Nun denn, auf Wiedersehen. Ich kann Ihnen versichern, dass ich unser Gespräch sehr genossen habe.«

»Gespräch, von wegen!«, sagte der Raketerich. »Sie haben die ganze Zeit allein geredet. Das ist doch kein Gespräch.«

»Einer muss zuhören«, antwortete der Frosch, »und das Reden erledige ich gern selbst. Es spart Zeit und verhindert Streit.«

»Aber ich liebe Streit«, sagte der Raketerich.

»Das will ich nicht hoffen«, sagte der Frosch selbstzufrieden. »Streit ist äußerst vulgär, denn in guter Gesellschaft vertritt jeder die gleichen Ansichten. Auf Wiedersehen zum

Zweiten; in der Ferne sehe ich meine Töchter«; und der kleine Frosch schwamm davon.

»Sie sind eine sehr lästige Person«, sagte der Raketerich, »und sehr schlecht erzogen. Ich verabscheue Leute, die nur von sich selbst reden, so wie Sie, wenn man nur von sich selbst reden will, so wie ich. Das nenne ich Selbstsucht, und Selbstsucht ist etwas höchst Verabscheuungswürdiges, zumal für jemanden mit meiner Veranlagung, der ich bekannt bin für meine mitfühlende Natur. Sie sollten sich wirklich ein Beispiel an mir nehmen; ein besseres Vorbild könnten Sie gar nicht finden. Nun, da Sie die Gelegenheit haben, sollten Sie sie nutzen, denn ich kehre unverzüglich wieder an den Hof zurück. Ich bin ein großer Günstling bei Hofe; tatsächlich haben sich der Prinz und die Prinzessin gestern mir zu Ehren vermählt. Sie wissen von alledem natürlich nichts, denn Sie sind ein Provinzler.«

»Es ist zwecklos, mit ihm zu reden«, sagte ein Libellenmännchen, das zuoberst auf einer großen braunen Binse saß; »vollkommen zwecklos, denn er ist schon fort.«

»Nun, das ist sein Schaden, nicht meiner«, entgegnete der Raketerich. »Ich werde nicht aufhören, mit ihm zu reden, nur weil er mich nicht beachtet. Ich höre mich gern reden. Es ist eines meiner größten Vergnügen. Ich führe oft lange Gespräche mit mir selbst, und ich bin so gescheit, dass ich manchmal kein Wort von dem verstehe, was ich sage.«

»Dann sollten Sie wirklich Philosophievorlesungen halten«, sagte das Libellenmännchen; und es breitete ein Paar reizender Gazeflügel aus und erhob sich in den Himmel.

»Wie albern von ihm, nicht hierzubleiben!«, sagte der Raketerich. »Ich bin sicher, er hat nicht oft Gelegenheit, seinen Horizont zu erweitern. Aber das soll mich nicht kümmern. Ein Genie wie ich kann gewiss sein, eines Tages gewürdigt zu werden«; und er versank etwas tiefer im Morast.

Nach einiger Zeit kam eine große weiße Ente auf ihn zugeschwommen. Sie hatte gelbe Beine und Schwimmfüße und galt aufgrund ihres watschelnden Ganges als große Schönheit.

»Quak, quak, quak«, sagte sie. »Was für eine seltsame Figur Sie haben! Darf ich fragen, ob Sie damit zur Welt gekommen sind, oder handelt es sich um die Folgen eines Unfalls?«

»Ganz offensichtlich haben Sie immer nur auf dem flachen Land gelebt«, antwortete der Raketerich, »sonst wüssten Sie, wer ich bin. Aber ich verzeihe Ihnen Ihre Unwissenheit. Es wäre unbillig, von anderen Leuten zu erwarten, dass sie ebenso bemerkenswert sind wie man selbst. Sicher werden Sie überrascht sein zu hören, dass ich in den Himmel auffliegen und in einem goldenen Funkenregen niedergehen kann.«

»Davon halte ich nicht viel«, sagte die Ente, »da ich nicht einsehe, wem es nützen soll. Wenn Sie Äcker pflügen könnten wie der Ochse oder einen Karren ziehen wie das Pferd oder Schafe hüten wie der Hütehund, ja dann.«

»Mein gutes Geschöpf«, rief der Raketerich in hochfahrendem Ton, »ich sehe, dass Sie den niederen Ständen angehören. Jemand in meiner Stellung ist niemals nützlich. Wir haben gewisse Talente vorzuweisen, und das ist mehr als genug. Ich habe keinerlei Sympathien für Beschäftigung jedweder Art, am allerwenigsten für die Beschäftigungen, die Sie zu empfehlen scheinen. Ja, ich habe stets die Ansicht vertreten, harte Arbeit sei eine Zuflucht für Leute, die sonst nichts zu tun haben.«

»Nun, nun«, sagte die Ente, die von sehr friedfertigem Wesen war und nie mit jemandem stritt, »die Geschmäcker sind verschieden. Jedenfalls hoffe ich, dass Sie sich dauerhaft hier niederlassen werden.«

»Oh! mitnichten«, rief der Raketerich. »Ich bin nur zu Besuch hier, ein vornehmer Besuch. Tatsächlich finde ich diesen Ort reichlich öde. Man hat hier weder Gesellschaft noch Einsamkeit. Ja, recht eigentlich ist es wie in einer Vorstadt. Wahrscheinlich kehre ich wieder an den Hof zurück, denn ich weiß, ich bin dazu bestimmt, in der Welt Furore zu machen.«

»Ich hatte auch schon einmal daran gedacht, ins öffentliche Leben zu treten«, bemerkte die Ente; »es gibt so vieles, was reformbedürftig ist. Ja, vor einiger Zeit führte ich den Vorsitz bei einer Versammlung, und wir verabschiedeten Resolutionen, in denen wir alles verurteilten, was uns nicht passte. Allerdings schienen sie nicht viel zu bewirken. Jetzt bin ich mehr fürs Häusliche und kümmere mich um meine Familie.«

»Ich bin für das öffentliche Leben geschaffen«, sagte der Raketerich, »ebenso alle meine Verwandten, selbst die unmaßgeblichsten unter ihnen. Sooft wir auftreten, erregen wir großes Aufsehen. Zwar bin ich noch nicht selbst aufgetreten, aber wenn es so weit ist, wird es ein herrlicher Anblick sein. Was die Häuslichkeit betrifft, so lässt sie einen frühzeitig altern und lenkt den Geist ab von höheren Dingen.«

»Ach! die höheren Dinge im Leben, wie schön sie sind!«, sagte die Ente. »Und das erinnert mich daran, wie hungrig ich bin«; und sie schwamm fort, den Bach hinunter, und sagte: »Quak, quak, quak.«

»Kommen Sie zurück! Kommen Sie zurück!«, kreischte der Raketerich. »Ich habe Ihnen eine Menge mitzuteilen«; doch die Ente beachtete ihn nicht. »Ich bin froh, dass sie fort ist«, sagte er bei sich, »sie hat etwas entschieden Spießbürgerliches«; und er versank noch etwas tiefer im Morast und begann eben, über die Einsamkeit des Genies nachzudenken, als plötzlich zwei kleine Jungen in weißen Kitteln mit einem Kessel und einigen Reisigbündeln die Böschung entlanggerannt kamen.

»Das muss die Abordnung sein«, sagte der Raketerich und bemühte sich, sehr würdevoll dreinzuschauen.

»Nanu!«, rief einer der Jungen. »Sieh nur, ein alter Stock; wie mag der wohl hergekommen sein?«; und er klaubte die Rakete aus dem Graben.

»ALTER STOCK!«, sagte der Raketerich. »Unmöglich! WOHLGESTALTER STOCK, das ist es, was er gesagt hat. Wohlgestalter Stock, das ist sehr schmeichelhaft. Er hält mich wohl für einen der Würdenträger am Hofe!«

»Werfen wir ihn aufs Feuer!«, sagte der andere Junge. »Dann wird der Kessel schneller kochen.«

Also schichteten sie die Reisigbündel übereinander, legten die Rakete obenauf und zündeten ein Feuer an.

»Das ist herrlich«, rief der Raketerich, »sie wollen mich am helllichten Tag abfeuern, damit jeder mich sehen kann.«

»Jetzt legen wir uns schlafen«, sagten sie, »und wenn wir aufwachen, wird der Kessel kochen«; und sie legten sich ins Gras und machten die Augen zu.

Der Raketerich war sehr feucht, und so dauerte es lange, bis er entflammte. Endlich aber fing er Feuer.

»Jetzt gehe ich los!«, rief er und machte sich ganz steif und gerade. »Ich weiß, ich werde viel höher steigen als die Sterne, viel höher als der Mond, viel höher als die Sonne. Ja, ich werde so hoch steigen, dass –«

Zisch! Zisch! Zisch!, und er schoss geradewegs in die Höhe.

»Entzückend!«, rief er. »In alle Ewigkeit werde ich so weitersteigen. Was bin ich doch für ein Erfolg!«

Aber niemand sah ihn.

Da verspürte er am ganzen Leib ein sonderbares Kribbeln.

»Nun werde ich explodieren«, rief er. »Ich werde die ganze Welt in Brand setzen und einen solchen Lärm machen, dass man ein ganzes Jahr lang von nichts anderem reden wird.« Und tatsächlich explodierte er. Peng! Peng! Peng!, machte das Schwarzpulver. Daran war kein Zweifel.

Aber niemand hörte ihn, nicht einmal die beiden kleinen Jungen, denn die waren fest eingeschlafen.

Dann war von ihm nichts mehr übrig als der Stock, und dieser fiel auf den Rücken einer Gans, die am Rand des Grabens einen Spaziergang machte.

»Gütiger Himmel!«, rief die Gans. »Jetzt regnet's schon Stöcke«; und sie stürzte sich ins Wasser.

»Ich wusste doch, ich würde Furore machen«, keuchte der Raketerich und erlosch.

Der junge König

Es war die Nacht vor dem Tag, der für seine Krönung ausersehen war, und der junge König saß allein in seinem schönen Gemach. Seine Höflinge hatten sich alle empfohlen, hatten den Kopf bis zum Boden geneigt, wie es dem zeremoniellen Brauch der Zeit entsprach, und sich in den Großen Saal des Palastes zurückgezogen, um vom Professor für Etikette noch einige letzte Unterweisungen entgegenzunehmen; gab es doch etliche unter ihnen, die noch ganz natürliche Umgangsformen hatten, was, wie ich kaum betonen muss, bei einem Höfling ein sehr schweres Vergehen ist.

Der Knabe – denn er war noch ein Knabe, erst sechzehn Jahre alt – war nicht betrübt, dass sie gingen, und hatte sich mit einem tiefen Seufzer der Erleichterung auf die weichen Kissen des bestickten Kanapees zurückgeworfen, und da lag er nun mit wildem Blick und offenem Mund wie ein brauner Faun des Waldes oder ein junges Tier des Forstes, eben erst von den Jägern in der Schlinge gefangen.

Und tatsächlich waren es die Jäger gewesen, die ihn gefunden hatten, beinahe durch Zufall waren sie auf ihn gestoßen, als er, mit bloßen Armen und Beinen, eine Flöte in der Hand, der Herde des armen Ziegenhirten folgte, der ihn aufgezogen und für dessen Sohn er sich immer gehalten hatte. Kind der einzigen Tochter des alten Königs aus einer heimlichen Ehe mit einem Mann weit unter ihrem Stand – einem Fremdling, sagten einige, der durch den wundersamen Zauber seines Lautenspiels die Liebe der jungen Prinzessin errungen hatte; wohingegen andere von einem Künstler aus Rimini sprachen, dem die Prinzessin viel, vielleicht zu viel Ehre erwiesen habe und der mit einem Mal aus der Stadt verschwunden sei, ohne sein Werk in der Kathedrale vollendet zu haben –, war er, kaum eine Woche alt, von der Seite seiner schlafenden Mutter gerissen und zu einem gemeinen Bauern und seiner Frau in Obhut gegeben worden, die keine eigenen Kinder hatten und in einem abgeschiedenen Teil des Waldes lebten, mehr als einen Tagesritt von der Stadt entfernt. Das Leid oder, wie der Hofarzt darlegte, die Pest oder, wie einige vermuteten, ein rasch wirkendes italienisches Gift, in einem Becher gewürzten Weines gereicht, hatte das weiße Mädchen, das ihn zur Welt gebracht, schon eine Stunde nach dem Erwachen hinweggerafft, und während der treue Bote, der das Kind quer über dem Sattelbogen fortgetragen hatte, sich von seinem erschöpften Pferd beugte und an die grob gezimmerte Tür des Ziegenhirten klopfte, senkte man den Leichnam der Prinzessin in ein offenes Grab, das auf einem verlassenen Kirchhof vor dem Stadttor ausgehoben worden war, in ein Grab, in dem, wie man raunte, schon ein anderer Leichnam lag, der eines jungen Mannes von unvorstellbarer und fremdartiger Schönheit, dessen Hände mit einem verknoteten Strick auf den Rücken gebunden waren und dessen Brust von vielen roten Stichwunden gezeichnet war.

So wenigstens lautete die Geschichte, die man einander zuflüsterte. Gewiss war, dass der alte König auf seinem Sterbebett, ob nun von Reue über seine schwere Sünde geplagt oder lediglich aus dem Wunsch heraus, das Königreich seinem Geschlecht zu erhalten, nach dem Knaben geschickt und ihn im Beisein des Kronrats als seinen Erben anerkannt hatte.

Und es scheint, als habe dieser vom allerersten Moment seiner Anerkennung an Zeichen jener merkwürdigen Leidenschaft für die Schönheit an den Tag gelegt, die dazu bestimmt war, einen so großen Einfluss auf sein Leben auszuüben. Jene, die ihn zu der Zimmerflucht geleiteten, welche allein ihm vorbehalten war, sprachen oft von dem Entzückensschrei, der sich seinen Lippen entrang, als er die vornehmen Gewänder und kostbaren Juwelen sah, die für ihn bereitlagen, und von der nahezu wilden Freude, mit der er sein raues Lederwams und seinen groben Schaffellmantel von sich warf. Zuweilen allerdings vermisste er die schöne Freiheit seines Waldlebens und war stets geneigt, sich über die ermüdenden Hofzeremonien zu ereifern, die einen Großteil des Tages beanspruchten, doch der prächtige Palast – *Joyeuse*, wie man ihn nannte –, über den er nun Herr war, schien ihm eine neue Welt, frisch erschaffen zu seiner Lust; und sobald er der Ratsversammlung oder dem Audienzsaal entfliehen konnte, lief er die breite Treppe mit ihren Löwen aus vergoldeter Bronze und ihren Stufen aus hellem Porphyr hinab und wanderte von Raum zu Raum und von Gang zu Gang wie einer, der in der Schönheit Linderung vom Schmerz zu finden sucht, eine Art Genesung vom Siechtum.

Auf diesen Entdeckungsreisen, wie er sie zu nennen pflegte – und wirklich waren es für ihn wahre Reisen durch ein Land der Wunder –, wurde er manchmal von den schlanken, blonden Hofpagen mit ihren wehenden Umhängen und lebhaft flatternden Zierbändern begleitet; öfter aber blieb er allein und empfand mit einem raschen, sicheren Instinkt, der fast einer Eingebung glich, dass die Geheimnisse der Kunst sich am besten im Geheimen erlernen lassen und dass die Schönheit, wie die Weisheit, jenen liebt, der sie einsam verehrt.

Zu dieser Zeit erzählte man sich viele seltsame Geschichten über ihn. Es hieß, ein beleibter Bürgermeister, gekommen, um ihm im Namen der Bürger der Stadt eine schnörkelreiche Ergebenheitsadresse zu überbringen, habe ihn in aufrichtiger Anbetung vor einem großen Gemälde knien sehen, das eben aus Venedig gebracht worden war und das von der Verehrung neuer Götter zu künden schien. Bei einer anderen Gelegenheit hatte man ihn mehrere Stunden vermisst und erst nach langem Suchen in einem kleinen Zimmer in einem der nördlichen Türmchen des Palastes entdeckt, wo er, wie jemand in Trance, auf eine griechische Gemme starrte, in welche die Gestalt des Adonis eingraviert war. Man hatte gesehen, so ging die Geschichte, wie er seine warmen Lippen auf die Marmorstirn einer antiken Statue drückte, die beim Bau der steinernen Brücke im Flussbett gefunden worden war und den Namen des bithynischen Sklaven Hadrians als Inschrift trug. Eine ganze Nacht hatte er damit zugebracht, den Widerschein des Mondlichts auf einem silbernen Bildnis Endymions zu beobachten.

Tatsächlich übten alle seltenen und kostbaren Werkstoffe einen großen Zauber auf ihn aus, und in seinem Eifer, sie zu erlangen, hatte er viele Kaufleute ausgesandt, einige, um bei dem raubeinigen Fischervolk der nördlichen Meere Bernstein einzuhandeln, einige nach Ägypten, um nach jenem seltsamen grünen Türkis zu fahnden, der sich nur in den Gräbern der Könige findet und der magische Kräfte besitzen soll, andere nach Persien, um seidene Teppiche und bemaltes Tongeschirr, und wieder andere nach Indien, um Gaze zu kaufen und gefärbtes Elfenbein, Mondsteine und Armspangen aus Jade, Sandelholz und blaue Emaille und Schals aus feiner Wolle.

Was ihn jedoch am meisten beschäftigt hatte, war das Gewand, das er bei seiner Krönung tragen sollte, das Gewand aus Goldgespinst, die rubinbesetzte Krone und das Zepter mit seinen Reihen und Ringen von Perlen. Genau daran musste er in dieser Nacht denken, als er sich auf seinem luxuriösen Kanapee zurücklehnte und das große Kiefernscheit betrachtete, das im offenen Kamin verglühte. Die Entwürfe, von der Hand der berühmtesten Künstler der Zeit, waren ihm schon vor vielen Monaten vorgelegt worden, und er hatte Befehl gegeben, dass die Handwerker Tag und Nacht an ihrer Ausführung arbeiten sollten und man die ganze Welt nach Edelsteinen durchkämmen möge, die ihrer Arbeit würdig wären. In Gedanken sah er sich bereits in der schönen Gewandung eines Königs vor dem Hochaltar der Kathedrale stehen, und ein Lächeln umspielte seine Knabenlippen, verweilte dort und erhellte seine dunklen Waldaugen mit strahlendem Glanz.

Nach einiger Zeit erhob er sich von seinem Sitz, lehnte sich gegen den geschnitzten Kaminvorsprung und sah sich in dem matt erleuchteten Gemach um. Die Wände waren mit üppigen Teppichen bespannt, die den Triumph der Schönheit darstellten. Ein großer Schrank, mit Achat und Lapislazuli eingelegt, füllte eine Ecke, gegenüber dem Fenster befand sich eine eigentümlich gearbeitete Vitrine, deren Lackpaneele mit Goldstaub und Goldmosaiken überzogen waren, und auf dieser standen zierliche Pokale aus venezianischem Glas und eine Schale aus dunkel geädertem Onyx. Die seidene Bettdecke war mit blassen Mohnblumen bestickt, als seien sie den müden Händen des Schlafes entglitten, und schlanke Pfosten aus gerieftem Elfenbein trugen den samtenen Baldachin, von dem wie weißer Schaum große Büschel Straußenfedern zum matten Silber der Kassettendecke ragten. Ein lachender Narziss aus grüner Bronze hob einen geschliffenen Spiegel über den Kopf. Auf dem Tisch stand eine flache Schale aus Amethyst.

Draußen konnte er die gewaltige Kuppel der Kathedrale sehen, die sich wie eine Blase über den düsteren Häusern erhob, und die müden Schildwachen, die auf der nebelverschleierten Terrasse am Fluss auf und nieder schritten. Fern, in einem Obstgarten, schlug eine Nachtigall. Durch das offene Fenster drang ein schwacher Duft von Jasmin. Er strich sich die braunen Locken aus der Stirn, nahm eine Laute zur Hand und ließ die Finger über die Saiten gleiten. Seine schweren Lider erschlafften, und eine seltsame Mattigkeit überkam ihn. Nie zuvor hatte er so eindringlich oder mit so freudigem Entzücken den Zauber und das Geheimnis schöner Dinge empfunden.

Als es von der Turmuhr Mitternacht schlug, berührte er eine Glocke, und seine Pagen traten ein und entkleideten ihn unter großem Zeremoniell, begossen seine Hände mit Rosenwasser und bestreuten sein Kopfkissen mit Blumen. Wenige Augenblicke, nachdem sie das Gemach verlassen hatten, schlummerte er ein.

Und als er schlief, träumte er einen Traum, und dies war sein Traum.

Ihn träumte, er stehe in einer lang gestreckten, niedrigen Dachkammer, inmitten des Surrens und Klapperns zahlloser Webstühle. Durch die vergitterten Fenster fiel spärliches Tageslicht und zeigte ihm die ausgemergelten Gestalten der Weber, die sich über ihre Rahmen beugten. Auf den mächtigen Querbalken kauerten bleiche, kränklich aussehende Kinder. Wenn die Schiffchen durch die Kette schossen, hoben sie die schweren Laden, und wenn die Schiffchen innehielten, ließen sie die Laden fallen und schlugen die Fäden an. Ihre Gesichter waren ausgezehrt vor Hunger, und ihre dünnen Hände zitterten und bebten. Ein paar verhärmte Frauen saßen an einem Tisch und nähten. Ein scheußlicher Geruch erfüllte den Raum. Die Luft war schal und schwer, und die Wände troffen vor Feuchtigkeit.

Der junge König ging zu einem der Weber hinüber, stellte sich zu ihm und sah ihm zu.

Und der Weber blickte ihn zornig an und fragte: »Was seht

Ihr mir zu? Seid Ihr ein Späher, den unser Herr auf uns gehetzt hat?«

»Wer ist dein Herr?«, fragte der junge König.

»Unser Herr!«, rief der Weber erbittert. »Er ist ein Mensch wie ich. Tatsächlich gibt es nur einen Unterschied zwischen uns – dass er herrliche Kleider trägt, während ich in Lumpen gehe, und dass er, während ich schwach bin vor Hunger, nicht wenig an Übersättigung leidet.«

»Das Land ist frei«, sagte der junge König, »und du bist niemandes Sklave.«

»Im Krieg«, antwortete der Weber, »machen die Starken die Schwachen zu Sklaven, und im Frieden machen die Reichen die Armen zu Sklaven. Wir müssen arbeiten, um zu leben, und sie geben uns so kärglichen Lohn, dass wir sterben. Wir plagen uns für sie den ganzen Tag, und sie häufen das Gold in ihren Truhen, und unsere Kinder welken vor der Zeit dahin, und die Gesichter derer, die wir lieben, werden hart und böse. Wir keltern die Trauben, und ein anderer trinkt den Wein. Wir säen das Korn, und unser eigener Tisch ist leer. Wir tragen Ketten, obzwar kein Auge sie wahrnimmt; und wir sind Sklaven, obzwar man uns frei nennt.«

»Ist das bei allen so?«, fragte der König.

»So ist es bei allen«, antwortete der Weber, »bei den Jungen wie bei den Alten, bei den Frauen wie bei den Männern, bei den kleinen Kindern wie bei den vom Alter Gebeugten. Die Händler saugen uns aus, und wir müssen tun nach ihrem Geheiß. Der Priester reitet vorüber und betet seinen Rosenkranz, und keiner sorgt für uns. Durch unsere sonnenlosen Gassen schleicht die Armut mit ihren hungrigen Augen, und die Sünde mit ihrem aufgedunsenen Gesicht folgt ihr auf dem Fuße. Das Elend weckt uns am Morgen, und die Schmach sitzt bei uns in der Nacht. Aber was kümmert's Euch? Ihr seid keiner von uns. Euer Gesicht ist zu glücklich.« Und mit finsterer Miene wandte er sich ab und jagte das Schiffchen durch den Webstuhl, und der junge König sah, dass es mit einem goldenen Faden gefädelt war.

Und es ergriff ihn ein großes Entsetzen, und er sagte zu dem Weber: »Was ist das für ein Gewand, das du da webst?«

»Es ist das Krönungsgewand des jungen Königs«, antwortete dieser; »was kümmert's Euch?«

Und der junge König stieß einen lauten Schrei aus und erwachte, und siehe!, er lag in seinem eigenen Gemach, und durch das Fenster sah er den großen honigfarbenen Mond in der Dämmerluft hängen.

Und er schlief abermals ein und träumte, und dies war sein Traum.

Ihn träumte, er liege auf dem Deck einer riesigen Galeere, von hundert Sklaven gerudert. Auf einem Teppich an seiner Seite saß der Herr der Galeere. Er war schwarz wie Ebenholz, und sein Turban war aus karmesinroter Seide. Große Ohrgehänge aus Silber zogen seine dicken Ohrläppchen herab, und in den Händen hielt er zwei elfenbeinerne Waagschalen.

Die Sklaven waren nackt bis auf einen zerlumpten Lendenschurz, und jeder war an seinen Nachbarn gekettet. Die heiße

Sonne brannte gleißend auf sie nieder, und die Neger liefen den Mittelgang auf und ab und peitschten mit Ochsenziemern auf sie ein. Sie streckten die mageren Arme durch und zogen die schweren Riemen durchs Wasser. Von den Ruderblättern sprühte salzige Gischt.

Zuletzt erreichten sie eine kleine Bucht und begannen zu loten. Ein leichter Wind wehte vom Ufer und überzog das Deck und das große Lateinersegel mit feinem rotem Staub. Drei Araber auf Wildeseln sprengten heran und warfen Speere nach ihnen. Der Herr der Galeere nahm einen bemalten Bogen zur Hand und schoss einen von ihnen durch die Kehle. Schwer fiel er in die Brandung, und seine Gefährten galoppierten davon. Eine in einen gelben Schleier gehüllte Frau folgte langsam auf einem Kamel und sah sich von Zeit zu Zeit nach dem Leichnam um.

Sobald sie den Anker geworfen und das Segel eingeholt hatten, gingen die Neger in den Laderaum und holten eine lange, mit Bleigewichten beschwerte Strickleiter herauf. Der Herr der Galeere warf sie über die Bordwand und befestigte die Enden an zwei eisernen Streben. Darauf ergriffen die Neger den jüngsten der Sklaven, schlugen ihm die Fußfesseln ab, verstopften ihm Nase und Ohren mit Wachs und banden einen großen Stein um seine Taille. Müde kletterte er die Leiter hinab und verschwand im Meer. Wo er versunken war, stiegen ein paar Blasen auf. Einige der anderen Sklaven spähten neugierig über die Bordwand. Im Bug der Galeere saß ein Haifischbeschwörer, der eintönig seine Trommel schlug.

Nach einiger Zeit kam der Taucher aus dem Wasser herauf und klammerte sich keuchend an die Leiter, in der rechten Hand eine Perle. Die Neger entrissen sie ihm und stießen ihn zurück. Die Sklaven schliefen über ihren Riemen ein.

Wieder und wieder kam er herauf, und jedes Mal brachte er eine wunderschöne Perle mit. Der Herr der Galeere wog sie und steckte sie in einen kleinen Beutel aus grünem Leder.

Der junge König versuchte zu sprechen, aber ihm war, als klebte seine Zunge am Gaumen, und seine Lippen wollten ihm nicht gehorchen. Die Neger schwatzten miteinander und begannen sich um eine Schnur glänzender Perlen zu streiten. Zwei Kraniche umkreisten beständig das Schiff.

Da kam der Taucher ein letztes Mal herauf, und die Perle, die er mitbrachte, war schöner als alle Perlen des Ormuzd, denn sie hatte die Gestalt des vollen Mondes und war weißer als der Morgenstern. Sein Gesicht jedoch war eigentümlich bleich, und als er aufs Deck fiel, quoll ihm das Blut aus Ohren und Nase. Er zitterte noch ein wenig, und dann lag er still. Die Neger zuckten die Achseln und warfen den Leichnam über Bord.

Und der Herr der Galeere lachte, streckte die Hand aus und nahm die Perle, und als er sie sah, drückte er sie an seine Stirn und verneigte sich. »Diese«, sagte er, »ist für das Zepter des jungen Königs bestimmt«, und er gab den Negern ein Zeichen, den Anker zu lichten.

Und als der junge König dies vernahm, stieß er einen lauten Schrei aus und erwachte, und durch das Fenster sah er die langen grauen Finger der Morgendämmerung nach den verblassenden Sternen greifen.

Und er schlief abermals ein und träumte, und dies war sein Traum.

Ihn träumte, er wandere durch einen düsteren Wald, in dem hingen fremdartige Früchte und wunderschöne giftige Blumen. Vipern zischten ihn an, da er vorbeiging, und bunte Papageien flogen kreischend von Ast zu Ast. Riesige Schildkröten lagen schlafend im heißen Schlamm. In den Bäumen wimmelte es von Affen und Pfauen.

Weiter und weiter ging er, bis er den Saum des Waldes erreichte, und von dort erblickte er eine ungeheure Menschenmenge, die in einem ausgetrockneten Flussbett fronte. Wie Ameisen krabbelten sie den Fels herauf. Sie gruben tiefe Schächte in die Erde und kletterten hinab. Einige von ihnen spalteten die Felsen mit großen Äxten; andere wühlten im Sand. Sie rissen den Kaktus mit der Wurzel aus und zertraten die scharlachroten Blüten. Sie hasteten umher, riefen einander zu, und keiner war müßig.

Aus dem Dunkel einer Höhle sahen ihnen der Tod und die Habgier zu, und der Tod sagte: »Ich bin müde; gib mir ein Drittel von ihnen und lass mich meiner Wege ziehen.«

Aber die Habgier schüttelte den Kopf. »Es sind meine Knechte«, entgegnete sie.

Und der Tod sagte zu ihr: »Was hast du in der Hand?«

»Ich habe drei Getreidekörner«, antwortete sie; »was kümmert's dich?«

»Gib mir eins davon«, rief der Tod, »dass ich es in meinem Garten säe; nur eins davon, und ich werde meiner Wege ziehen.«

»Nichts werde ich dir geben«, sagte die Habgier und verbarg die Hand in den Falten ihres Gewandes.

Und der Tod lachte und nahm eine Schale und tauchte sie in einen Wassertümpel, und aus der Schale erhob sich das Kalte Fieber. Es schritt durch die große Menschenmenge, und ein Drittel von ihnen lag tot. Ein kalter Nebel folgte ihm, und Wasserschlangen glitten an seiner Seite.

Und als die Habgier sah, dass ein Drittel der Menge tot war, schlug sie sich an die Brust und weinte. Sie schlug ihre dürren Brüste und wehklagte laut. »Ein Drittel meiner Knechte hast du gemordet«, rief sie, »hebe dich hinweg. In den Gebirgen der Tatarei wütet der Krieg, und die Könige beider Seiten rufen nach dir. Die Afghanen haben den schwarzen Ochsen gefällt und ziehen in die Schlacht. Sie haben mit ihren Speeren auf ihre Schilde geschlagen und ihre eisernen Helme aufgestülpt. Was ist dir mein Tal, dass du darin säumen solltest? Hebe dich hinweg und kehre nie mehr zurück.«

»Ja«, erwiderte der Tod, »doch bevor du mir nicht ein Getreidekorn gegeben hast, werde ich nicht meiner Wege ziehen.«

Aber die Habgier schloss die Hand und knirschte mit den Zähnen. »Nichts werde ich dir geben«, murrte sie.

Und der Tod lachte und hob einen schwarzen Stein auf und warf ihn in den Wald, und aus einem Dickicht wilden Schierlings kam das Heiße Fieber in einem Flammengewand. Es schritt durch die Menschenmenge und berührte sie, und jeder, den es berührte, starb. Wo es hintrat, welkte das Gras unter seinen Füßen.

Und die Habgier schauderte und streute sich Asche aufs Haupt. »Du bist grausam«, rief sie; »du bist grausam. In den ummauerten Städten Indiens wütet die Hungersnot, und die Zisternen von Samarkand sind versiegt. Die Hungersnot wütet in den ummauerten Städten Ägyptens, und aus der Wüste sind die Heuschrecken eingefallen. Der Nil ist nicht über die Ufer getreten, und die Priester haben Isis und Osiris verflucht. Hebe dich hinweg, gehe zu denen, die deiner bedürfen, und lasse mir meine Knechte.«

»Ja«, erwiderte der Tod, »doch bevor du mir nicht ein Getreidekorn gegeben hast, werde ich nicht meiner Wege ziehen.«

»Nichts werde ich dir geben«, sagte die Habgier.

Und der Tod lachte abermals, und er pfiff durch die Finger, und durch die Lüfte kam ein Weib geflogen. »Pest« stand ihr auf die Stirn geschrieben, und eine Herde ausgehungerter Aasgeier umschwärmte sie. Sie deckte das Tal mit ihren Schwingen, und keiner blieb am Leben.

Und die Habgier floh kreischend durch den Wald, und der Tod sprang auf sein rotes Ross und galoppierte davon, und sein Galopp war schneller als der Wind. Und aus dem Schlamm am Grunde des Tals krochen Drachen und grässlich geschuppte Ungeheuer, und die Schakale kamen über den Sand getrabt und witterten mit ihren Nüstern.

Und der junge König weinte und sagte: »Wer waren diese Menschen, und wonach haben sie gesucht?«

»Nach Rubinen für die Krone eines Königs«, antwortete einer, der hinter ihm stand.

Und der junge König schrak zusammen, und als er sich umwandte, da sah er einen Mann im Pilgerkleid, der hielt in der Hand einen silbernen Spiegel.

Und er erbleichte und fragte: »Für welchen König?«

Und der Pilger antwortete: »Schaut in diesen Spiegel, und Ihr werdet ihn sehen.«

Und er schaute in den Spiegel, und als er sein eigenes Angesicht sah, stieß er einen lauten Schrei aus und erwachte, und helles Sonnenlicht strömte zum Gemach herein, und in den Bäumen des Parks und des Lustgartens sangen die Vögel.

Und der Kammerherr und die hohen Staatsbeamten kamen herein und bezeugten ihm ihre Ehrerbietung, und die Pagen brachten ihm das Gewand aus Goldgespinst und legten Krone und Zepter vor ihn hin.

Und der junge König betrachtete sie, und sie waren sehr schön. Schöner waren sie als alles, was er je gesehen hatte. Doch er entsann sich seiner Träume, und er sagte zu seinen adeligen Herren: »Nehmt diese Dinge fort, denn ich will sie nicht tragen.«

Und die Höflinge erstaunten sich, und einige von ihnen lachten, denn sie glaubten, er scherze.

Aber wieder sprach er streng mit ihnen und sagte: »Nehmt diese Dinge fort und verbergt sie vor mir. Auch wenn es der

Tag meiner Krönung ist, so will ich sie nicht tragen. Denn dieses mein Gewand ist auf dem Webstuhl der Sorge gewoben und von den weißen Händen der Pein. Im Herzen des Rubins ist Blut und im Herzen der Perle der Tod.« Und er erzählte ihnen seine drei Träume.

Und als die Höflinge sie vernahmen, sahen sie einander an und flüsterten: »Wahrhaftig, er ist wahnsinnig; denn was ist ein Traum anderes als ein Traum und eine Vision anderes als eine Vision? Es sind keine wirklichen Dinge, dass man ihrer achten müsste. Und was haben wir mit dem Leben derer zu schaffen, die sich für uns plagen? Soll man kein Brot essen, ehe man nicht den Sämann gesehen, und keinen Wein trinken, ehe man nicht den Winzer gesprochen?«

Und der Kammerherr sprach zu dem jungen König und sagte: »Gnädiger Herr, ich bitte Euch, verscheucht diese schwarzen Gedanken, legt dieses schöne Gewand an und setzt Euch diese Krone aufs Haupt. Denn wie soll das Volk wissen, dass Ihr ein König seid, wenn Ihr nicht eines Königs Kleidung tragt?«

Und der junge König sah ihn an. »Ist es wirklich so?«, forschte er. »Wird man mich nicht für einen König erkennen, wenn ich nicht eines Königs Kleidung trage?«

»Man wird Euch nicht erkennen, gnädiger Herr«, rief der Kammerherr.

»Und ich glaubte, es habe Männer gegeben von königlicher Art«, antwortete er, »aber vielleicht ist es so, wie du sagst. Und doch will ich dieses Gewand nicht tragen, noch mit dieser Krone gekrönt werden, sondern wie ich zum Palast kam, so will ich von ihm gehen.«

Und er gebot allen, ihn zu verlassen, bis auf einen Pagen, den er als seinen Gefährten dabehielt, einen Knaben, der ein Jahr jünger war als er selbst. Den behielt er zu seiner Bedienung da, und nachdem er sich in klarem Wasser gebadet hatte, öffnete er eine große bemalte Truhe und entnahm ihr das Lederwams und den groben Schaffellmantel, die er getragen hatte, als er am Berghang über die zottigen Ziegen des Hirten wachte. Diese zog er an, und in die Hand nahm er seinen derben Hirtenstab.

Und der kleine Page riss verwundert seine großen blauen Augen auf und sagte lächelnd zu ihm: »Gnädiger Herr, ich sehe Euer Gewand und Euer Zepter, aber wo ist Eure Krone?«

Und der junge König brach den Zweig einer wilden Rose, die sich über den Balkon rankte, und bog sie und machte einen kleinen Reif daraus und setzte ihn sich aufs Haupt.

»Dies soll meine Krone sein«, antwortete er.

Und so angetan schritt er aus seinem Gemach in den Großen Saal, wo schon die Edelleute auf ihn warteten.

Und die Edelleute machten sich lustig, und einige von ihnen riefen ihm zu: »Gnädiger Herr, das Volk wartet auf seinen König, und Ihr zeigt ihm einen Bettler«, und andere waren erzürnt und sagten: »Er bringt Schande über unseren Staat und ist nicht würdig, unser Gebieter zu sein.« Er aber antwortete ihnen mit keinem Wort, sondern schritt weiter und stieg die Treppe aus hellem Porphyr hinab und trat hinaus durch das bronzene Tor und schwang sich auf sein Ross und ritt zur Kathedrale, und der kleine Page lief neben ihm her.

Und das Volk lachte und sagte: »Es ist des Königs Narr, der da vorüberreitet«, und sie verhöhnten ihn.

Und er zog die Zügel an und sagte: »Nein, ich bin der König.« Und er erzählte ihnen seine drei Träume.

Und ein Mann trat aus der Menge und sprach voller Bitternis zu ihm und sagte: »Gnädiger Herr, wisst Ihr nicht, dass aus dem Überfluss der Reichen das Leben der Armen erwächst? Euer Prunk sättigt uns, und Eure Laster geben uns Brot. Für einen strengen Herrn sich zu plagen ist bitter, noch bitterer aber ist es, keinen Herrn zu haben, für den man sich plagt. Glaubt Ihr, die Raben werden uns speisen? Und welches Heilmittel habt Ihr dagegen? Wollt Ihr zum Käufer sagen: ›Du sollst für soundso viel kaufen?‹, und zum Verkäufer: ›Du sollst zu diesem Preis verkaufen?‹ Doch wohl nicht. Darum geht zurück zu Eurem Palast und legt Euren Purpur an und Euer feines Linnen. Was habt Ihr zu schaffen mit uns und mit dem, was wir leiden?«

»Sind nicht der Reiche und der Arme Brüder?«, fragte der König.

»Ja«, antwortete der Mann, »und der Name des reichen Bruders ist Kain.«

Und die Augen des jungen Königs füllten sich mit Tränen, und er ritt weiter durch das murrende Volk, und der kleine Page fürchtete sich und verließ ihn.

Und als er das große Portal der Kathedrale erreichte, kreuzten die Soldaten ihre Hellebarden und sagten: »Was suchst du hier? Niemand tritt durch diese Tür als der König.«

Und sein Gesicht rötete sich vor Zorn, und er sagte zu ihnen: »Ich bin der König«, und er schob ihre Hellebarden auseinander und trat ein.

Und als der alte Bischof ihn in seiner Hirtentracht kommen sah, erhob er sich voller Verwunderung von seinem Thron, ging ihm entgegen und sagte zu ihm: »Mein Sohn, ist dies der Aufzug eines Königs? Und mit welcher Krone soll ich dich krönen, und welches Zepter soll ich in deine Hand legen? Wahrhaftig, dies sollte ein Tag der Freude für dich sein, nicht ein Tag der Erniedrigung.«

»Soll die Freude tragen, was das Leid geschaffen hat?«, fragte der junge König. Und er erzählte ihm seine drei Träume.

Und als der Bischof sie vernommen hatte, furchte er die Stirn und sagte: »Mein Sohn, ich bin ein alter Mann und im Winter meiner Tage, und ich weiß, dass in der weiten Welt viel Böses geschieht. Von den Bergen herab kommen die grimmigen Räuber und verschleppen die kleinen Kinder und verkaufen sie an die Mauren. Die Löwen lauern den Karawanen auf und stürzen sich auf die Kamele. Der wilde Eber zerwühlt das Korn im Tal, und die Füchse benagen den Wein auf dem Hang. Die Piraten verheeren die Küste des Meeres und verbrennen die Boote der Fischer und rauben ihnen ihre Netze. In den Salzsümpfen leben die Aussätzigen; sie haben Hütten aus geflochtenem Rohr, und keiner darf ihnen nahen. Die Bettler irren durch die Städte und verzehren ihre Nahrung mit den Hunden. Kannst du all dem abhelfen? Willst du den Aussätzigen zu deinem Bettgenossen nehmen und den Bettler an deine Tafel setzen? Soll der Löwe tun nach deinem Geheiß und der wilde Eber dir gehorchen? Ist nicht Er, der das Elend schuf, weiser als du? Darum preise ich dich nicht um dessentwillen, was du getan hast, sondern bitte dich, zurückzureiten zum Palast und dein Gesicht froh zu machen und das Gewand anzulegen, welches einem König geziemt, und mit der Krone aus Gold will ich dich krönen, und das Zepter aus Perlen will ich in deine Hand legen. Und was deine Träume betrifft, so gedenke ihrer nicht mehr. Die Last dieser Welt ist zu groß, als dass ein Mann sie tragen, und das Leid der Welt zu schwer, als dass ein Herz es dulden könnte.«

»Sprichst du so in diesem Haus?«, fragte der junge König, und er schritt an dem Bischof vorbei und stieg die Stufen hinauf zum Altar und stand vor dem Bildnis Christi.

Er stand vor dem Bildnis Christi, und zu seiner Rechten und Linken glänzten die erlesenen Gefäße aus Gold, der Kelch mit dem gelben Wein und die Phiole mit dem heiligen Öl. Er kniete nieder vor dem Bildnis Christi, und die großen Kerzen brannten hell neben dem juwelenbesetzten Hostienschrein, und der Dampf des Weihrauchs kräuselte sich in dünnen blauen Wölkchen durch die Kuppel. Er neigte das Haupt zum Gebet, und die Priester in ihren steifen Chorröcken stahlen sich fort vom Altar.

Und plötzlich erhob sich draußen auf der Straße ein wilder

Tumult, und herein stürzten die Edelleute mit gezückten Degen und wippenden Federbüschen und Schilden von blankem Stahl. »Wo ist dieser Träumer von Träumen?«, riefen sie. »Wo ist dieser König, der sich kleidet wie ein Bettler – dieser Knabe, der Schande über unseren Staat bringt? Wahrhaftig, wir wollen ihn erschlagen, denn er ist nicht würdig, über uns zu herrschen.«

Und wieder neigte der junge König das Haupt und betete, und als er sein Gebet geendigt hatte, erhob er sich, wandte sich um und betrachtete sie voller Trauer.

Und siehe!, durch die farbigen Fenster brach das Sonnenlicht und umfloss ihn, und die Strahlen der Sonne woben um ihn ein Gewand aus zartem Gespinst, herrlicher noch als das Gewand, das zu seinem Vergnügen geschaffen worden war. Der tote Stab erblühte und trug Lilien, die weißer waren als Perlen. Der trockene Dorn erblühte und trug Rosen, die röter waren als Rubine. Weißer als feine Perlen waren die Lilien, und ihre Stiele waren von lichtem Silber. Röter als männliche Rubine waren die Rosen, und ihre Blätter waren aus getriebenem Gold.

Er stand da in der Gewandung eines Königs, und die Türen des juwelenbesetzten Hostienschreins flogen auf, und vom Kristall der vielstrahligen Monstranz leuchtete ein wundersames mystisches Licht. Er stand da in eines Königs Gewandung, und die Glorie Gottes erfüllte den Raum, und die Heiligen in ihren geschnitzten Nischen schienen sich zu bewegen. In der herrlichen Gewandung eines Königs stand er vor ihnen, und die Orgel ließ ihre Musik erbrausen, und die Trompeter bliesen auf ihren Trompeten, und die Sängerknaben sangen.

Und voller Ehrfurcht fiel das Volk auf die Knie, und die Edelleute stießen ihre Degen in die Scheide und huldigten ihm, und das Angesicht des Bischofs wurde fahl, und seine Hände zitterten. »Ein Größerer als ich hat dich gekrönt«, rief er, und er kniete vor ihm nieder.

Und der junge König stieg vom Hochaltar herab und schritt durch die Menge des Volkes nach Hause. Aber keiner wagte, ihm ins Antlitz zu blicken, denn es war wie das Antlitz eines Engels.

Der Geburtstag der Infantin

Es war der Geburtstag der Infantin. Sie war erst zwölf Jahre alt, und in den Gärten des Palastes schien hell die Sonne.

Obgleich sie eine richtige Prinzessin war und Infantin von Spanien, hatte sie doch alljährlich nur einmal Geburtstag, genau wie die Kinder ganz armer Leute, und so war es natürlich für das ganze Land eine Sache von großer Bedeutung, dass sie bei diesem Anlass einen wirklich schönen Tag haben sollte. Und ein wirklich schöner Tag war es gewiss. Die schlanken, gestreiften Tulpen standen kerzengerade auf ihren Stängeln wie lange Reihen von Soldaten, blickten über das Gras hinweg herausfordernd zu den Rosen und sagten: »Jetzt sind wir genauso prächtig wie ihr.« Die purpurnen Schmetterlinge schwirrten auf goldbestäubten Flügeln umher und suchten nacheinander jede Blume auf; die kleinen Eidechsen huschten aus den Mauerritzen, lagen in der weißen Glut und sonnten sich; und die Granatäpfel sprangen auf und barsten vor Hitze und entblößten ihre blutenden roten Herzen. Selbst die blassgelben Zitronen, die in solcher Fülle von dem vermodernden Spalier und entlang den dämmrigen Laubengängen hingen, schienen aus dem herrlichen Sonnenlicht eine sattere Farbe zu saugen, und die Magnolienbäume öffneten ihre großen kugelrunden Blüten aus gefaltetem Elfenbein und erfüllten die Luft mit süßem, schwerem Duft.

Die kleine Prinzessin selbst lief mit ihren Gespielen die Terrasse auf und nieder und spielte Versteck hinter den steinernen Vasen und den alten, moosbewachsenen Statuen. An gewöhnlichen Tagen durfte sie nur mit Kindern ihres eigenen Standes spielen, und so musste sie stets allein spielen, doch ihr Geburtstag war eine Ausnahme, und der König hatte Befehl gegeben, sie solle jeden ihrer jungen Freunde einladen, den sie lieb hatte, dass sie kämen und sich mit ihr vergnügten. Die schlanken Spanierkinder strahlten eine würdevolle Anmut aus, wie sie so umherglitten, die Knaben mit ihren großbefiederten Hüten und kurzen flatternden Umhängen, die Mädchen, die die Schleppen ihrer langen Brokatkleider rafften und ihre Augen mit großen schwarz-silbernen Fächern gegen die Sonne abschirmten. Die Infantin aber war die Anmutigste von allen und, nach der etwas hinderlichen Mode der Zeit, am geschmackvollsten gekleidet. Ihr Gewand war aus grauem Satin, der Saum und die weiten Puffärmel waren mit schwerer Silberstickerei verziert und das steife Mieder mit Reihen feiner Perlen besetzt. Beim Gehen lugten zwei winzige Pantöffelchen mit großen rosafarbenen Rosetten unter ihrem Kleid hervor. Rosafarben und perlweiß war ihr großer Gazefächer, und in ihrem Haar, das steif wie eine Aureole aus verblichenem Gold ihr blasses Gesichtchen umstand, steckte eine wunderschöne weiße Rose.

Von einem Fenster des Palastes aus sah ihnen der traurige, schwermütige König zu. Hinter ihm stand sein Bruder, Don Pedro von Aragón, den er hasste, und sein Beichtiger, der Großinquisitor von Granada, saß an seiner Seite. Trauriger noch als gewöhnlich war der König, denn als er zu der Infantin hinausblickte, wie sie sich mit kindlichem Ernst vor den versammelten Höflingen verneigte oder hinter ihrem Fächer über die grimmige Herzogin von Albuquerque, ihre ständige Begleiterin, lachte, da musste er an die junge Königin, ihre Mutter, denken, die – wie ihm schien – erst vor kurzem aus dem fröhlichen Land Frankreich gekommen und in der düsteren Pracht des spanischen Hofes dahingewelkt war; nur sechs Monate nach der Geburt ihres Kindes war sie gestorben, noch ehe sie im Obstgarten die zweite Blüte der Mandelbäume erlebt oder die zweite Jahresfrucht von dem alten, knorrigen Feigenbaum gepflückt hatte, der mitten im längst von Gras überwucherten Innenhof stand. So groß war seine Liebe zu ihr gewesen, dass er nicht einmal dem Grab erlaubt hatte, sie vor ihm zu verbergen. Sie war von einem maurischen Arzt einbalsamiert worden, dem man zum Dank für diesen Dienst das Leben geschenkt hatte, das, wie es hieß, wegen Ketzerei und des Verdachts magischer Gebräuche schon dem Heiligen Offizium verfallen war, und ihr Leichnam lag noch immer auf der mit Teppichen verhängten Bahre in der schwarzen Marmorkapelle des Palastes, geradeso wie die Mönche sie an jenem windigen Märzentag vor nahezu zwölf Jahren hereingetragen hatten. Einmal im Monat ging der König, in einen dunklen Umhang gehüllt und eine abgeschirmte Laterne in der Hand, hinein und kniete an ihrer Seite und rief: *Mi reina! Mi reina!*, und bisweilen durchbrach er die steife Etikette, die in Spanien jede Lebensäußerung beherrscht und selbst dem Kummer eines Königs Schranken setzt, umklammerte in wildem Schmerz die bleichen, juwelengeschmückten Hände und versuchte, mit seinen irren Küssen das kalte, geschminkte Antlitz wieder zum Leben zu erwecken.

Heute glaubte er sie wieder vor sich zu sehen, so wie er sie zuerst im Schloss Fontainebleau gesehen hatte, als er erst fünfzehn Jahre alt war und sie noch jünger. Bei jener Gelegenheit waren sie in Gegenwart des französischen Königs und des gesamten Hofstaates vom Päpstlichen Nuntius einander in aller Form anverlobt worden, und er war in den Escorial zurückgekehrt und hatte eine kleine Locke gelben Haares und die Erinnerung an zwei kindliche Lippen mitgeführt, die sich, als er in seine Karosse stieg, herabgesenkt hatten, um seine Hand zu küssen. Später war dann die Hochzeit gefolgt, hastig in Burgos vollzogen, einem kleinen Städtchen an der Grenze zwischen den beiden Ländern, und der grandiose öffentliche Einzug in Madrid mit der herkömmlichen Abhaltung des Hochamts in der Kirche La Atocha und einem feierlicheren Autodafé als gewöhnlich, bei dem fast dreihundert Ketzer, unter ihnen viele Engländer, dem weltlichen Arm zur Verbrennung übergeben worden waren.

Wahrhaftig, er hatte sie heftig und, wie viele meinten, zum Verderben seines Landes geliebt, das damals mit England um die Herrschaft über das Reich der Neuen Welt im Krieg lag. Kaum je hatte er ihr gestattet, aus seinem Gesichtsfeld zu treten; um ihretwillen hatte er – zumindest allem Anschein nach – sämtliche wichtigen Staatsangelegenheiten vernachlässigt; und dank jener schrecklichen Blindheit, mit der die Leidenschaft ihre Knechte schlägt, war ihm entgangen, dass die ausgefeilten Zeremonien, mit denen er sie zu erfreuen suchte, die sonderbare Krankheit, an der sie litt, nur verschlimmerten. Als sie starb, war er eine Zeitlang wie einer, der des Verstandes beraubt ist. Ja, es besteht kein Zweifel, dass er in aller Form abgedankt und sich in das große Trappistenkloster bei Granada zurückgezogen hätte, dessen Titularprior er bereits war, hätte er sich nicht davor gescheut, die kleine Infantin der Gewalt seines Bruders zu überantworten, dessen Grausamkeit sogar in Spanien berüchtigt war und den viele verdächtigten, den Tod der Königin durch ein Paar vergifteter Handschuhe herbeigeführt zu haben, das er ihr geschenkt hatte, als sie zu Besuch auf seinem Schloss in Aragón weilte. Selbst nach Ablauf der dreijährigen offiziellen Trauerfrist, die er durch königliches Edikt in seinem gesamten Herrschaftsgebiet angeordnet hatte, duldete er nicht, dass seine Minister von einer neuen Verbindung sprachen, und als der Kaiser selbst zu ihm sandte und ihm die Hand der lieblichen Erzherzogin von Böhmen, seiner Nichte, zur Ehe anbot, da befahl er den Gesandten, ihrem Herrn zu melden, der König von Spanien sei bereits der Trauer vermählt, und sei diese auch eine kalte Braut, so liebe er sie doch mehr als die Schönheit; eine Antwort, die seine Krone die reichen Provinzen der Niederlande kostete, die sich wenig später auf Betreiben des Kaisers unter Führung einiger Fanatiker der Reformierten Kirche gegen ihn empörten.

Sein ganzes eheliches Leben, mit all seinen wilden, feuerfarbenen Freuden und der entsetzlichen Qual seines jähen Endes, schien ihm heute ins Gedächtnis zurückzukehren, als er dem Spiel der Infantin auf der Terrasse zusah. Sie hatte all die hübsche Launenhaftigkeit der Königin in ihrem Gebaren, die gleiche eigensinnige Art, den Kopf in den Nacken zu werfen, den gleichen stolz geschwungenen schönen Mund, das gleiche wundervolle Lächeln – *vrai sourire de France* –, wie sie dann und wann zum Fenster aufsah oder den würdevollen spanischen Herren ihre kleine Hand zum Kusse darbot. Doch das schrille Gelächter der Kinder tat ihm in den Ohren weh, und das grelle, unbarmherzige Sonnenlicht spottete seines Kummers, und ein dumpfer Geruch nach fremdartigen Gewürzen, wie Einbalsamierer sie verwenden, schien – oder war es nur Einbildung? – die klare Morgenluft zu verpesten. Er barg das Gesicht in den Händen, und als die Infantin wieder aufblickte, waren die Vorhänge zugezogen, und der König hatte sich zur Ruhe begeben.

Sie verzog den Mund vor Enttäuschung und zuckte die Achseln. An ihrem Geburtstag hätte er nun wirklich bei ihr bleiben können. Was lag schon an den dummen Staatsangelegenheiten? Oder war er zu jener düsteren Kapelle gegangen, in der stets Kerzen brannten und zu der ihr jeder Zutritt verwehrt war? Wie albern von ihm, da doch die Sonne so hell schien und ein jeder so vergnügt war! Außerdem würde er nun den fingierten Stierkampf versäumen, zu dem schon die Trompete blies, ganz zu schweigen von dem Marionettentheater und all den anderen herrlichen Dingen. Ihr Onkel und der Großinquisitor waren da viel verständiger. Sie waren auf die Terrasse herausgetreten und machten ihr nette Komplimente. Also warf sie den hübschen Kopf in den Nacken, nahm Don Pedro bei der Hand und schritt langsam die Stufen hinab zu einem lang gestreckten Pavillon aus purpurroter Seide, den man am Ende des Gartens errichtet hatte, und die anderen Kinder folgten ihr in strenger Rangordnung, die mit den längsten Namen vorneweg.

Eine Prozession edler Knaben, fantastisch als Toreadore verkleidet, kam ihr entgegen, und der junge Graf von Tierra-Nueva, ein überaus schmucker Knabe von etwa vierzehn Jahren, entblößte sein Haupt mit der ganzen Anmut eines geborenen Hidalgos und Granden Spaniens und geleitete sie feierlich hinein zu einem kleinen vergoldeten Elfenbeinstuhl, der auf einer Estrade über der Arena stand. Die Kinder scharten sich alle um sie, bewegten ihre großen Fächer und flüsterten miteinander, und Don Pedro und der Großinquisitor standen lachend im Eingang. Selbst die Herzogin – die *Camerera-Mayor*, wie man sie nannte –, eine magere Dame mit harten Gesichtszügen und einer gelben Halskrause, sah nicht ganz so übellaunig aus wie sonst, und so etwas wie ein eisiges Lächeln huschte über ihr runzliges Gesicht und zuckte um ihre dünnen, blutleeren Lippen.

Wahrhaftig, es war ein erstaunlicher Stierkampf und viel hübscher, dachte die Infantin, als der echte Stierkampf, zu dem man sie in Sevilla mitgenommen hatte, als der Herzog von Parma bei ihrem Vater zu Besuch geweilt hatte. Einige der Knaben paradierten auf prächtig herausgeputzten Steckenpferden umher und schwangen lange Wurfspieße, an denen lustige Wimpel aus bunten Zierbändern befestigt waren; andere gingen zu Fuß, schwenkten ihre scharlachroten Umhänge vor dem Stier und sprangen behände über die Barriere, wenn er auf sie losging; und was den Stier selbst betraf, so war er ganz wie ein lebendiger Stier, obgleich er nur aus Weidengeflecht und gespannter Tierhaut bestand und zuweilen darauf beharrte, auf den Hinterbeinen in der Arena umherzurennen, was einem lebendigen Stier nicht im Traum einfallen würde. Er lieferte einen großartigen Kampf, und die Kinder wurden so aufgeregt, dass sie sich auf die Bänke stellten, mit ihren Spitzentaschentüchern winkten und ausriefen: *Bravo toro! Bravo toro!*, geradeso verständig, als wären sie Erwachsene. Zuletzt jedoch, nach anhaltendem Kampf, in dessen Verlauf mehrere der Steckenpferde vielfach durchbohrt und ihre Reiter abgeworfen wurden, zwang der junge Graf von Tierra-Nueva den Stier in die Knie, und nachdem er die Erlaubnis der Infantin erlangt hatte, ihm den *coup de grâce* zu versetzen, stieß er dem Tier seinen hölzernen Degen mit solcher Wucht in den Nacken, dass ihm gleich der Kopf abfiel und das lachende Gesicht des kleinen Monsieur de Lorraine zum Vorschein kam, Sohn des französischen Gesandten in Madrid.

Darauf wurde die Arena unter viel Applaus geräumt, die toten Steckenpferde wurden von zwei maurischen Pagen in gelb-schwarzen Livreen feierlich hinausgeschleift, und nach einem kurzen Zwischenspiel, während dessen ein französischer Akrobat auf dem Seil balancierte, traten auf der Bühne eines kleinen Theaters, das man zu diesem Zweck erbaut hatte, einige italienische Marionetten in der halb klassischen Tragödie *Sophonisba* auf. Sie spielten so gut, und ihre Gesten wirkten so überaus natürlich, dass am Ende des Stückes die Augen der Infantin von Tränen ganz trüb waren. Tatsächlich weinten einige der Kinder wirklich und mussten mit Naschereien getröstet werden, und der Großinquisitor selbst war so gerührt, dass er sich Don Pedro gegenüber die Bemerkung nicht versagen konnte, wie unerträglich es ihm sei, dass Geschöpfe, die bloß aus Holz und gefärbtem Wachs gemacht seien und mechanisch mit Drähten bewegt würden, so unglücklich sein und so schreckliche Missgeschicke erleiden konnten.

Es folgte ein afrikanischer Gaukler, der einen großen, flachen, mit einem roten Tuch bedeckten Korb hereintrug, und als er ihn mitten in der Arena abgestellt hatte, entnahm er seinem Turban eine eigenartige Rohrflöte und blies darauf. Wenige Augenblicke später begann das Tuch sich zu regen, und als die Flöte schriller und schriller spielte, steckten zwei grüngoldene Schlangen ihre sonderbar keilförmigen Köpfe hervor, richteten sich langsam auf und wiegten sich zu der Musik hin und her, so wie eine Pflanze sich im Wasser wiegt. Die Kinder freilich entsetzten sich sehr vor ihren gefleckten Hauben und flink züngelnden Zungen und waren viel zufriedener, als der Gaukler einen winzigen Orangenbaum aus dem Sand hervorwachsen ließ, der hübsche weiße Blüten und Büschel wirklicher Früchte trug; und als er den Fächer der kleinen Tochter des Marquis von Las-Torres nahm und ihn in einen blauen Vogel verwandelte, der singend im Pavillon umherflog, da kannte ihr Entzücken und Erstaunen keine Grenzen. Auch das feierliche Menuett, das die tanzenden Knaben der Kirche Nuestra Señora Del Pilar aufführten, war reizend. Die Infantin hatte diese wundervolle Zeremonie, die alljährlich zur Maienzeit vor dem Hochaltar der Jungfrau und ihr zu Ehren stattfindet, noch nie zuvor gesehen; tatsächlich hatte kein Mitglied der spanischen Königsfamilie je wieder die große Kathedrale von Saragossa betreten, seit ein wahnsinniger Priester, den viele verdächtigten, im Solde Elisabeths von England gestanden zu haben, versucht hatte, dem Prinzen von Asturien eine vergiftete Hostie zu reichen. So kannte sie den »Tanz Unserer Lieben Frau«, wie man ihn nannte, nur vom Hörensagen, und gewiss bot er einen herrlichen Anblick. Die Knaben trugen altmodische Hofgewänder von weißem Samt, und ihre eigentümlichen Dreispitze waren mit Silber gefranst und mit riesigen Büschen von Straußenfedern gekrönt. Wie sie sich so im Sonnenlicht bewegten, wurde das blendende Weiß ihrer Kostüme von ihren dunklen Gesichtern und ihrem langen schwarzen Haar noch unterstrichen. Jeder war bezaubert von der ernsten Würde, mit der sie die verschlungenen Tanzfiguren ausführten, und von der vollendeten Anmut ihrer gemessenen Gesten und vornehmen Verbeugungen, und als sie ihre Vorführung beendet hatten und ihre großen mit Federn geschmückten Hüte vor der Infantin lüfteten, quittierte diese ihre Reverenz mit großer Höflichkeit und tat ein Gelübde, vor dem Schrein Unserer Lieben Frau von Pilar eine große Wachskerze aufstellen zu lassen zum Dank für das Vergnügen, das sie ihr gewährt hatte.

Darauf zog eine Truppe stattlicher Ägypter – wie man die Zigeuner zu jener Zeit nannte – in die Arena ein. Mit gekreuzten Beinen ließen sie sich im Kreise nieder und begannen leise ihre Zithern zu schlagen, wobei sie ihre Körper zur Musik bewegten und fast unhörbar eine verhaltene, träumerische Weise summten. Als sie Don Pedros gewahr wurden, blickten sie ihn finster an, und einige schienen sich zu entsetzen, hatte er doch erst wenige Wochen zuvor zwei aus ihrer Sippe wegen Hexerei auf dem Marktplatz von Sevilla hängen lassen, doch die hübsche Infantin bezauberte sie, wie sie sich zurücklehnte und mit ihren großen blauen Augen über ihren Fächer hinwegsah, und sie waren überzeugt, ein so liebliches Geschöpf wie sie könne gegen niemanden je grausam sein. So spielten sie sachte weiter und berührten die Saiten der Zithern nur eben mit ihren langen, spitzen Nägeln, und ihre Köpfe begannen zu nicken, als fielen sie in Schlaf. Plötzlich, mit einem Schrei so schrill, dass alle Kinder erschraken und Don Pedro den Achatknauf seines Dolches umkrampfte, sprangen sie auf die Füße und wirbelten wie toll in der Einfriedung umher, schlugen ihre Tamburine und sangen in den sonderbaren Kehllauten ihrer Sprache ein wildes Liebeslied. Dann, auf ein weiteres Zeichen hin, warfen sie sich alle wieder zu Boden und blieben reglos dort liegen, und das gedämpfte Klimpern der Zithern war der einzige Laut, der die Stille durchbrach. Nachdem sie dies etliche Male getan hatten, verschwanden sie für einen Augenblick, und als sie zurückkehrten, führten sie einen braunen, zottigen Bären an der Kette, und auf den Schultern trugen sie kleine Berberäffchen.

Der Bär vollführte mit äußerstem Ernst einen Kopfstand, und die verhutzelten Äffchen trieben allerhand lustige Possen mit zwei Zigeunerjungen, die ihre Lehrer zu sein schienen, fochten mit winzigen Degen, feuerten Pistolen ab und unterzogen sich dem regulären Exerzierdrill eines Soldaten, geradeso wie des Königs eigene Leibgarde. Wahrhaftig, die Zigeuner waren ein großer Erfolg.

Aber der drolligste Teil der ganzen Morgenunterhaltung war unzweifelhaft der Tanz des kleinen Zwerges. Als er in die Arena stolperte, auf seinen krummen Beinchen watschelte und seinen riesigen missgestalten Schädel hin und her wiegte, brachen die Kinder in einen lauten Entzückensruf aus, und die Infantin selbst musste so sehr lachen, dass die Camerera sich gehalten sah, sie zu vermahnen: Zwar habe es in Spanien viele Präzedenzfälle dafür gegeben, dass eine Königstochter vor ihresgleichen Tränen vergieße, jedoch keinen dafür, dass eine Prinzessin von königlichem Geblüt vor denen, die ihr an Geburt nachstünden, so lustig sei. Der Zwerg jedoch war wirklich ganz unwiderstehlich, und selbst am spanischen Hofe, von jeher dafür bekannt, dass er eine Leidenschaft für das Abscheuliche pflegte, hatte man eine so wunderliche kleine Missgeburt noch nie gesehen. Überdies war es sein erster Auftritt. Er war erst am Vortag, als er im Wald umhertollte, von zweien der Edelleute entdeckt worden, die zufällig in einem entlegenen Teil des großen Korkeichenwaldes gejagt hatten, der die Stadt umgab, und von diesen zum Palast getragen worden als eine Überraschung für die Infantin; sein Vater, ein armer Köhler, war nur allzu froh gewesen, sich eines so hässlichen und unnützen Kindes entledigen zu können. Vielleicht das Unterhaltsamste an ihm war, dass er sich seiner grotesken Erscheinung so gar nicht bewusst war. Ja, er schien recht vergnügt und in beschwingter Stimmung. Wenn die Kinder lachten, lachte er so unbeschwert und freudig wie nur irgendeins von ihnen, und nach jedem Tanz machte er vor jedem von ihnen die drolligste Verbeugung, lächelte und nickte ihnen zu, als sei er in Wirklichkeit einer von ihnen und nicht ein missgestaltes kleines Ding, das die Natur aus einer humorigen Laune heraus erschaffen hatte, anderen zum Gespött. Was die Infantin betraf, so hatte sie ihn völlig in ihren Bann geschlagen. Er konnte den Blick nicht von ihr wenden und schien nur für sie zu tanzen, und als sie sich am Schluss der Vorstellung daran erinnerte, wie die vornehmen Damen des Hofes dem berühmten italienischen Sopranisten Caffarelli, den der Papst aus seiner eigenen Kapelle nach Madrid gesandt hatte, damit er des Königs Schwermut mit dem Wohlklang seiner Stimme heile, Bouquets zugeworfen hatten, da löste sie die wunderschöne weiße Rose aus ihrem Haar und warf sie, teils zum Scherz, teils um die Camerera zu ärgern, mit ihrem süßesten Lächeln durch die Arena dem Zwerg zu. Dieser fasste die Sache sehr ernst auf, und er drückte die Blume an seine rissigen, groben Lippen, legte die Hand auf sein Herz und sank vor ihr aufs Knie; dabei grinste er bis über beide Ohren, und seine blanken Äuglein funkelten vor Freude.

Dies erschütterte den Ernst der Infantin so sehr, dass sie

noch lange, nachdem der kleine Zwerg längst aus der Arena gelaufen war, hellauf lachte und ihrem Onkel gegenüber den Wunsch aussprach, der Tanz möge unverzüglich wiederholt werden. Die Camerera jedoch, unter dem Vorwand, die Sonne brenne zu heiß, entschied, dass es besser wäre, wenn ihre Hoheit ohne Säumnis in den Palast zurückkehrte, wo schon ein herrliches Festmahl für sie angerichtet sei, darunter eine richtige Geburtstagstorte, die mit ihren Initialen aus bemaltem Zucker versehen sei, und obenauf wehe ein hübsches silbernes Fähnchen. Also erhob sich die Infantin mit viel Würde, und nachdem sie Befehl gegeben hatte, dass der kleine Zwerg nach der Stunde der Siesta noch einmal für sie tanzen solle, und dem jungen Grafen von Tierra-Nueva ihren Dank für seinen reizenden Empfang ausgedrückt hatte, ging sie zurück zu ihren Gemächern, und die Kinder folgten in derselben Reihenfolge, in der sie eingetreten waren.

Als nun der kleine Zwerg vernahm, dass er ein zweites Mal vor der Infantin tanzen sollte, und zwar auf ihren ausdrücklichen Befehl, da war er so stolz, dass er in den Garten hinauslief, in unsinniger freudiger Verzückung die weiße Rose küsste und die unbeholfensten und ungeschicktesten Entzückensgebärden machte.

Die Blumen waren ganz entrüstet, dass er es wagte, in ihr wunderschönes Heim einzudringen, und als sie ihn die Wege auf und nieder hopsen und auf so lächerliche Art die Arme über dem Kopf schwenken sahen, konnten sie ihre Gefühle nicht länger zügeln.

»Er ist wirklich gar zu hässlich, als dass man ihm erlauben sollte, an einem Ort zu spielen, an dem wir uns befinden«, riefen die Tulpen.

»Er sollte Mohnsaft trinken und in tausendjährigen Schlaf verfallen«, sagten die großen scharlachroten Lilien und wurden ganz hitzig vor Zorn.

»Er ist ein vollendetes Scheusal!«, kreischte der Kaktus. »Er ist ja ganz verdreht und verstümmelt, und sein Kopf steht in gar keinem Verhältnis zu seinen Beinen. Wirklich, ich bin schon ganz pricklig, und wenn er mir in die Nähe kommt, so will ich ihn mit meinen Dornen stechen.«

»Und er hat doch wahrhaftig eine meiner schönsten Blüten ergaunert«, rief der weiße Rosenstrauch aus. »Heute Morgen habe ich sie der Infantin selbst als Geburtstagsgabe geschenkt, und er hat sie ihr gestohlen.« Und er rief aus Leibeskräften: »Dieb, Dieb, Dieb!«

Selbst die roten Geranien, die gewöhnlich nicht sehr vornehm taten und dafür bekannt waren, dass sie selbst viele arme Verwandte hatten, rollten sich vor Abscheu zusammen, als sie ihn sahen, und als die Veilchen demütig bemerkten, auch wenn er gewiss überaus reizlos sei, so könne er doch nichts dafür, entgegneten sie mit einigem Recht, gerade das sei sein Hauptfehler; und es gebe keinen Grund, einen Menschen zu bewundern, nur weil er unheilbar sei; und in der Tat empfanden selbst einige der Veilchen, dass die Hässlichkeit des kleinen Zwerges fast protzig wirkte und er besseren Geschmack bewiesen hätte, wenn er traurig oder wenigstens nachdenklich ausgesehen hätte, statt lustig umherzuspringen und sich in so grotesken und albernen Posen zu gefallen.

Was die alte Sonnenuhr betraf, die ein höchst bemerkenswertes Individuum war und einst keinem Geringeren als Kaiser Karl V. die Tageszeit genannt hatte, so war sie von der Erscheinung des kleinen Zwerges so betroffen, dass sie mit ihren langen Schattenfingern beinahe volle zwei Minuten anzuzeigen vergessen hätte, und dem großen milchweißen Pfauenweibchen gegenüber, das sich auf der Balustrade sonnte, die Bemerkung nicht unterdrücken konnte, es wisse doch jeder, dass die Kinder von Königen Könige und die Kinder von Köhlern Köhler seien, und es sei absurd, so zu tun, als verhalte es sich anders; eine Aussage, mit der das Pfauenweibchen vollauf einverstanden war, ja, es schrie sogar mit so lauter, barscher Stimme: »Gewiss, gewiss«, dass die Goldfische, die im Becken des kühl plätschernden Springbrunnens wohnten, die Köpfchen aus dem Wasser reckten und die gewaltigen steinernen Tritonen fragten, was in aller Welt vor sich gehe.

Aber die Vögel mochten ihn aus irgendeinem Grund. Sie hatten ihn schon oft im Wald gesehen, wenn er wie ein Elf den wirbelnden Blättern nachtanzte oder in der Höhlung einer alten Eiche kauerte und seine Nüsse mit den Eichkätzchen teilte. Sie störten sich nicht im Geringsten an seiner Hässlichkeit. Schließlich war selbst die Nachtigall, die des Nachts so süß in den Orangenhainen sang, dass manchmal der Mond sich herabneigte, um zu lauschen, nicht besonders ansehnlich; außerdem war er sehr freundlich zu ihnen gewesen, und während jenes furchtbar bitteren Winters, als an den Sträuchern keine Beeren wuchsen und der Boden hart wie Eisen war und die Wölfe auf ihrer Nahrungssuche bis zu den Toren der Stadt vordrangen, hatte er sie kein einziges Mal vergessen, sondern ihnen immer von seinem kleinen Knust Schwarzbrot abgegeben und sein Frühstück mit ihnen geteilt, so karg es auch sein mochte.

So umkreisten sie ihn jetzt, streiften seine Wange im Vorüberfliegen leicht mit ihren Schwingen und schwatzten miteinander, und der kleine Zwerg war so erfreut, dass er ihnen unbedingt die wunderschöne weiße Rose zeigen und ihnen erzählen musste, dass die Infantin selbst sie ihm geschenkt hatte, weil sie ihn liebte.

Sie verstanden kein Wort von dem, was er sagte, aber das tat nichts, denn sie legten die Köpfchen schief und blickten weise drein, was ebenso gut ist, wie eine Sache zu verstehen, und sehr viel leichter.

Auch die Eidechsen fassten eine große Zuneigung zu ihm, und als er vom vielen Umherlaufen müde wurde und sich ins Gras warf, um auszuruhen, da spielten und balgten sie auf ihm herum und versuchten, ihn zu zerstreuen, so gut sie es eben vermochten. »Nicht jeder kann so schön sein wie ein Eidechs«, riefen sie; »das wäre zu viel verlangt. Und obgleich es sich lächerlich anhört, so hässlich ist er eigentlich gar nicht, vorausgesetzt natürlich, man schließt die Augen und sieht ihn nicht an.« Die Eidechsen waren von Natur aus sehr philosophisch veranlagt und saßen, wenn es sonst nichts zu tun gab oder das

Wetter zu regnerisch war, um auszugehen, Stunden um Stunden beisammen und dachten nach.

Die Blumen dagegen waren zutiefst verärgert über ihr Betragen und über das Betragen der Vögel. »Das zeigt wieder einmal«, sagten sie, »welch vulgarisierende Wirkung dieses unentwegte Umhereilen und Umherfliegen hat. Wohlerzogene Leute bleiben stets an demselben Ort, so wie wir. Niemand hat je gesehen, dass wir die Wege auf und ab gehopst oder im Gras wie toll den Libellen nachgejagt wären. Wenn wir eine Luftveränderung wünschen, so lassen wir den Gärtner kommen, und der hebt uns in ein anderes Beet. Das ist würdevoll und so, wie es sein sollte. Aber Vögel und Eidechsen haben keinen Sinn für Beständigkeit, die Vögel haben ja nicht einmal eine feste Adresse. Sie sind die reinsten Vagabunden wie die Zigeuner, und genauso sollte man sie auch behandeln.« So rümpften sie die Nasen und blickten sehr hochmütig drein und waren ganz entzückt, als sie nach einiger Zeit den kleinen Zwerg bemerkten, wie er aus dem Gras hervorkrabbelte und über die Terrasse zum Palast ging.

»Man sollte ihn wahrhaftig für den Rest seines natürlichen Lebens einsperren«, sagten sie. »Seht nur seinen verwachsenen Rücken und seine krummen Beine«, und sie begannen zu kichern.

Aber der kleine Zwerg wusste von alledem nichts. Er hatte die Vögel und Eidechsen ausgesprochen gern und glaubte, Blumen seien das Herrlichste auf der ganzen Welt, mit Ausnahme der Infantin natürlich, aber die hatte ihm schließlich die wunderschöne weiße Rose geschenkt und liebte ihn, und das machte einen großen Unterschied. Wie sehr wünschte er sich, er wäre mit ihr zurückgegangen! Sie hätte ihn an ihre rechte Hand genommen und ihn angelächelt, und er wäre nie von ihrer Seite gewichen, sondern hätte sie zu seiner Gespielin gemacht und sie allerlei köstliche Kunststücke gelehrt. Denn mochte er auch nie zuvor in einem Palast gewesen sein, so wusste er doch viele wunderbare Dinge. Aus Binsen konnte er kleine Käfige flechten, darin die Grashüpfer zirpten, und aus dem langhalmigen Bambus eine Flöte schnitzen, die Pan zu hören liebt. Er kannte den Ruf eines jeden Vogels und wusste die Stare aus dem Baumwipfel zu locken und den Reiher vom See. Er kannte die Fährte eines jeden Tieres und wusste den Hasen an seinem zierlichen Trittbild aufzuspüren und den Eber am zertretenen Laub. Alle Tänze des Windes kannte er, den tollen Tanz im roten Gewand mit dem Herbst, den leichtfüßigen Tanz in blauen Sandalen über das Korn hin, den Tanz mit weißen Schneewehen im Winter und den Blütentanz durch die Obstgärten im Frühling. Er wusste, wo die Ringeltauben ihre Nester bauten, und einmal, als ein Vogelsteller die Vogeleltern in einer Schlinge gefangen hatte, da hatte er die Jungen selbst aufgezogen und ihnen im Spalt einer zersplitterten Ulme einen kleinen Taubenschlag gebastelt. Sie waren ganz zahm und fraßen ihm jeden Morgen aus der Hand. Sie würden ihr gefallen, auch die Kaninchen, die durch das hohe Farnkraut hoppelten, und die Eichelhäher mit ihren stahlblauen Federn und schwarzen Schnäbeln, und die Igel, die sich zu stachligen Kugeln zusammenrollen konnten, und die großen, weisen Schildkröten, die behäbig umherkrochen, die Köpfe schüttelten und an den jungen Blättern knabberten. Ja, sie musste unbedingt in den Wald kommen und mit ihm spielen. Er würde ihr sein eigenes Bettchen abtreten und bis zum Morgengrauen draußen vor dem Fenster wachen, um aufzupassen, dass ihr das wilde Hornvieh nichts zuleide tat und die mageren Wölfe sich nicht zu nahe an die Hütte heranschlichen. Und im Morgengrauen würde er an die Fensterläden klopfen und sie wecken, und sie würden hinausgehen und den ganzen Tag zusammen tanzen. Wirklich, im Wald war es kein bisschen einsam. Mitunter ritt ein Bischof auf seinem weißen Maultier vorbei und las in einem verzierten Buch. Mitunter kamen die Falkner in ihren grünen Samtkappen und ihren Wämsen aus gegerbtem Hirschleder vorüber, die behaubten Falken auf dem Handgelenk. Zur Weinlese kamen die Traubentreter mit purpurroten Händen und Füßen, mit glänzendem Efeu bekränzt, und schleppten triefende Schläuche voll Wein; und des Nachts saßen die Köhler um ihre riesigen Kohlenpfannen, sahen zu, wie die trockenen Scheite langsam im Feuer verkohlten, und rösteten Kastanien in der Asche, und die Räuber kamen aus ihren Höhlen und feierten lustig mit ihnen. Einmal hatte er eine wunderschöne Prozession gesehen, die sich die lange, staubige Straße nach Toledo hinaufwand. Vorneweg gingen die Mönche und sangen süß und trugen bunte Banner und goldene Kreuze, und dann, in silberner Rüstung, mit Musketen und Piken, kamen die Soldaten, und in ihrer Mitte schritten drei barfüßige Männer in seltsamen gelben Gewändern, die über und über mit wunderbaren Figuren bemalt waren, und trugen brennende Kerzen in den Händen. Wahrhaftig, es gab eine Menge zu sehen im Wald, und wenn sie müde wäre, würde er eine weiche Moosbank für sie finden oder sie in seinen Armen tragen, denn er war sehr stark, auch wenn er wusste, dass er nicht groß war. Eine Halskette würde er ihr machen aus den roten Beeren der Schmerwurz, die wären genauso hübsch wie die weißen Beeren, die sie auf ihrem Kleid trug, und wenn sie ihrer überdrüssig wäre, könnte sie sie fortwerfen, und er würde neue für sie finden. Er würde ihr Eichelnäpfchen bringen und taubenetzte Anemonen und winzige Glühwürmchen, die wären Sterne im blassen Gold ihres Haars.

Aber wo war sie? Er fragte die weiße Rose, und sie gab ihm keine Antwort. Der ganze Palast schien zu schlafen, und selbst dort, wo die Läden nicht geschlossen waren, hatte man schwere Vorhänge vor die Fenster gezogen, um den Glast auszusperren. Er wanderte überall umher und suchte nach einer Stelle, durch die er Einlass erlangen könnte, und schließlich fiel sein Blick auf eine kleine verborgene Tür, die offen stand. Er schlüpfte hindurch und fand sich in einem prächtigen Saal wieder, weit prächtiger, so fürchtete er, als der Wald, denn überall gab es so viel Vergoldetes, und selbst der Fußboden war aus großen farbigen Steinplatten gemacht, die sich zu einer Art geometrischem Muster fügten. Doch die kleine Infantin war nicht da, nur einige herrliche weiße Statuen, die von ihren Sockeln aus Jaspis auf ihn niederblickten mit traurigen, leeren Augen und seltsam lächelnden Lippen.

Am Ende des Saales hing ein reich bestickter Vorhang aus schwarzem Samt, der mit Sonnen und Sternen, des Königs liebsten Sinnbildern, besät war, und diese waren auf seine Lieblingsfarbe gestickt. Vielleicht verbarg sie sich dahinter? Jedenfalls wollte er nachsehen.

So stahl er sich leise hinüber und zog ihn beiseite. Nein; es war lediglich ein weiteres Gemach, wenngleich ein hübscheres, dachte er, als das, das er soeben verlassen hatte. Die Wände waren mit figurenreichen grünen Arazzi behangen, handgewirkter Tapisserie, die eine Jagdszene darstellte, das Werk flämischer Künstler, die mehr als sieben Jahre auf ihre Komposition verwendet hatten. Einst war es das Gemach des *Jean le Fou* gewesen, wie man ihn nannte, jenes wahnsinnigen Königs, der so von der Jagd besessen war, dass er in seiner Raserei oft versucht hatte, die mächtigen sich bäumenden Rosse zu besteigen und den Hirsch zu stellen, den seine großen Jagdhunde ansprangen, dabei sein Jagdhorn zu blasen und das ermattet fliehende Wild mit seinem Hirschfänger zu durchbohren. Jetzt diente es als Ratssaal, und auf dem Tisch in der Mitte lagen die roten Portefeuilles der Minister mit den goldgeprägten Tulpen Spaniens und dem Wappen und den Emblemen des Hauses Habsburg.

Der kleine Zwerg sah sich voller Verwunderung um und fürchtete sich fast davor, hineinzugehen. Die seltsamen schweigenden Reiter, die so geschwind durch die weiten Lichtungen sprengten, ohne ein Geräusch zu machen, kamen ihm vor wie jene schauerlichen Wilden Jäger, von denen er die Köhler hatte reden hören – die Comprachicos, die nur bei Nacht jagen und, wenn sie einem Mann begegnen, ihn in eine Hirschkuh verwandeln und hetzen. Aber er gedachte der hübschen Infantin und fasste Mut. Sie allein wollte er finden und ihr sagen, dass auch er sie liebe. Vielleicht war sie im Raum dahinter.

Er lief über die weichen maurischen Teppiche und öffnete die Tür. Nein! Hier war sie auch nicht. Der Raum war ganz leer.

Es war ein Thronsaal, der zum Empfang fremder Gesandter benutzt wurde, wenn der König, was in letzter Zeit nicht oft geschehen war, einwilligte, ihnen eine Privataudienz zu gewähren; derselbe Saal, in dem, vor vielen Jahren, Bevollmächtigte aus England erschienen waren, um Arrangements für die Heirat ihrer Königin, damals einer der katholischen Souveräne Europas, mit dem ältesten Sohn des Kaisers zu treffen. Die Wandbehänge waren aus vergoldetem Korduanleder, und von der schwarz-weißen Decke hing ein schwerer vergoldeter Lüster mit Armen für dreihundert Wachskerzen. Unter einem großen Baldachin aus Goldtuch, auf dem mit Saatperlen die Löwen und Türme Kastiliens gestickt waren, stand der Thron selbst, mit einem reichen Tuch aus schwarzem Samt bedeckt, das mit silbernen Tulpen besetzt und kunstvoll mit Silber und Perlen befranst war. Auf der zweiten Stufe des Thrones stand der Knieschemel der Infantin mit seinem Stoffkissen aus Silbergespinst, und unter diesem wiederum, außerhalb des Baldachinbereichs, stand der Sessel des Päpstlichen Nuntius, der bei öffentlichen Zeremonien als Einziger das Recht hatte, in

Gegenwart des Königs Platz zu nehmen, und dessen Kardinalshut mit seinen verschlungenen scharlachroten Quasten auf dem purpurnen Taburett davor lag. An der Wand gegenüber dem Thron hing ein lebensgroßes Porträt Karls V. in Jagdtracht, mit einer großen Dogge an seiner Seite, und ein Bildnis Philipps II., wie er die Huldigung der Niederlande empfängt, nahm die Mitte der anderen Wand ein. Zwischen den Fenstern stand eine Vitrine aus schwarzem Ebenholz mit eingelegten Elfenbeintafeln, in die Gestalten aus Holbeins Totentanz geschnitzt waren – wie einige sagten, von der Hand jenes berühmten Meisters selbst.

Aber der kleine Zwerg machte sich nichts aus all der Pracht. Er hätte seine Rose nicht um alle Perlen des Baldachins hergegeben, ein weißes Blütenblatt seiner Rose nicht um den Thron selbst. Er wollte nur die Infantin sehen, ehe sie zum Pavillon hinunterging, und sie bitten, mit ihm fortzugehen, wenn er seinen Tanz beendet hätte. Hier, im Palast, war die Luft schwül und schwer, aber im Wald wehte der Wind ungehindert, und das Sonnenlicht mit seinen schweifenden Händen aus Gold schob die zitternden Blätter beiseite. Auch im Wald gab es Blumen, vielleicht nicht so prächtig wie die Blumen im Garten, dafür aber umso süßer duftend; Hyazinthen im Vorfrühling, die die kühlen Schluchten und grasbewachsenen Hügel mit wogendem Purpur überfluteten; gelbe Schlüsselblumen, die sich in kleinen Klümpchen an die knorrigen Wurzeln der Eichbäume schmiegten; leuchtendes Schöllkraut und blauen Ehrenpreis und Iris in Lila und Gold. Von den Haselsträuchern hingen graue Kätzchen, und die Roten Fingerhüte bogen sich unter dem Gewicht ihrer gesprenkelten, von Bienen umsummten Blütenglocken. Die Kastanie hatte ihre Spitztürme weißer Sterne und der Hagedorn seine blassen Monde der Schönheit. Ja; gewiss würde sie mit ihm kommen, wenn er sie nur finden könnte! Sie würde mit ihm kommen in den schönen Wald, und den ganzen Tag würde er zu ihrem Entzücken tanzen. Bei diesem Gedanken erhellte ein Lächeln seine Augen, und er trat in das nächste Gemach.

Von allen Gemächern war dies das hellste und schönste. Die Wände waren mit rosa geblümtem Lucceser Damast ausgekleidet, der mit Vögeln gemustert war und von zierlichen Silberblüten übersät; die Möbel waren aus gediegenem Silber, mit roten Blumengirlanden und schaukelnden Amoretten geschmückt; vor den beiden gewaltigen Kaminen standen große mit Papageien und Pfauen bestickte Paravents, und der Fußboden aus meergrünem Onyx schien sich in weiter Ferne zu verlieren. Und er war nicht allein. Unter dem Schatten der Tür, am äußersten Ende des Gemachs, sah er eine kleine Gestalt stehen, die ihn beobachtete. Sein Herz bebte, ein Freudenschrei löste sich von seinen Lippen, und er bewegte sich hinaus ins Sonnenlicht. Dabei bewegte sich auch die Gestalt, und er konnte sie deutlich erkennen.

Die Infantin? Es war eine Missgeburt, die ungeschlachteste Missgeburt, die er je gesehen hatte. Nicht wohlgestaltet wie alle anderen Menschen, sondern mit verwachsenem Rücken und krummen Gliedern, einem riesigen schwankenden Schädel und einer Mähne schwarzen Haars. Der kleine Zwerg verzog das Gesicht, und die Missgeburt verzog ebenfalls das Gesicht. Er lachte, und sie lachte mit ihm und hielt sich die Seiten, genau wie er. Er machte ihr eine spöttische Verbeugung, und sie antwortete mit einer tiefen Reverenz. Er ging auf sie zu, und sie kam ihm entgegen und ahmte jeden seiner Schritte nach und blieb stehen, als er selbst stehen blieb. Er jauchzte vor Vergnügen und lief vorwärts und streckte die Hand aus, und die Hand der Missgeburt berührte die seine, und sie war kalt wie Eis. Er bekam es mit der Angst zu tun und bewegte seine Hand zur Seite, und die Hand der Missgeburt tat es ihm rasch nach. Er versuchte vorzudringen, doch etwas Glattes und Hartes hielt ihn ab. Das Gesicht der Missgeburt verharrte jetzt dicht vor dem seinen und schien schreckerfüllt. Er strich sich das Haar aus den Augen. Sie äffte ihn. Er schlug nach ihr, und sie gab ihm Schlag für Schlag zurück. Er zeigte ihr seinen Abscheu, und sie schnitt ihm scheußliche Fratzen. Er wich, und sie zog sich zurück.

Was ist das? Er dachte einen Augenblick nach und sah sich rings im Gemach um. Es war sonderbar, aber alles schien sich zu verdoppeln in dieser unsichtbaren Wand aus klarem Wasser. Ja, Bild für Bild wiederholte sich, und Kanapee für Kanapee. Der schlafende Faun, der in dem Alkoven neben der Tür lag, hatte seinen schlummernden Zwillingsbruder, und die silberne Venus, die im Sonnenlicht stand, streckte ihre Arme aus nach einer Venus, so lieblich wie sie selbst.

War es Echo? Einmal hatte er im Tal nach der Göttin gerufen, und sie hatte ihm Wort für Wort geantwortet. Konnte sie das Auge täuschen, so wie sie die Stimme narrte? Konnte sie eine Scheinwelt erschaffen, die der richtigen Welt aufs Haar glich? Konnten die Schatten der Dinge Farbe, Leben und Bewegung haben? Konnte es sein, dass –?

Er schrak zusammen, und indem er die wunderschöne weiße Rose von seiner Brust nahm, wandte er sich um und küsste sie. Auch die Missgeburt hatte eine Rose, Blütenblatt für Blütenblatt die gleiche! Sie küsste sie mit denselben Küssen und presste sie mit grässlichen Gebärden ans Herz.

Als ihm die Wahrheit dämmerte, stieß er einen wilden Schrei der Verzweiflung aus und fiel schluchzend zu Boden. Also war er es, der missgestalt und bucklicht war, widerwärtig anzusehen und grotesk. Die Missgeburt war er selbst, und ihn hatten all die Kinder verlacht, und die kleine Prinzessin, von der er geglaubt hatte, dass sie ihn liebe – auch sie hatte lediglich seine Hässlichkeit verhöhnt und sich über seine verdrehten Gliedmaßen lustig gemacht. Warum hatte man ihn nicht im Wald gelassen, wo es keinen Spiegel gab, der ihm sagte, wie verabscheuungswürdig er war? Warum hatte sein Vater ihn nicht umgebracht, statt ihn zu seiner Schande zu verkaufen? Heiße Tränen rannen ihm über die Wangen, und er zerpflückte die weiße Rose. Die lümmelnde Missgeburt tat desgleichen und warf die blassen Blütenblätter in die Luft. Sie kroch am Boden, und wenn er sie ansah, beobachtete sie ihn mit schmerzverzerrter Miene. Er schlich davon, um sie nicht mehr sehen zu müssen, und bedeckte die Augen mit den Händen. Wie ein waidwundes Tier schleppte er sich in den Schatten und blieb stöhnend dort liegen.

Und in diesem Augenblick kam die Infantin selbst mit ihren Gespielen durch die offene Terrassentür herein, und als sie den hässlichen kleinen Zwerg auf der Erde liegen sahen, wie er aufs Wunderlichste und Übertriebenste mit den geballten Fäusten auf den Fußboden einschlug, brachen sie in lautes, glückliches Gelächter aus, umstanden ihn und betrachteten ihn.

»Sein Tanz war drollig«, sagte die Infantin; »aber noch drolliger ist seine Schauspielkunst. Ja, er ist fast so gut wie die Marionetten, nur nicht ganz so natürlich.« Und sie bewegte ihren großen Fächer und applaudierte.

Aber der kleine Zwerg sah nicht mehr auf, und seine Schluchzer wurden schwächer und schwächer, und plötzlich stieß er einen seltsamen Schreckenslaut aus und griff sich an die Seite. Und dann fiel er zurück und lag ganz still.

»Das ist famos«, sagte die Infantin nach einer Pause; »aber jetzt musst du für mich tanzen.«

»Ja«, riefen all die Kinder, »du musst aufstehen und tanzen, denn du bist so gewandt wie die Berberäffchen und viel lächerlicher.«

Aber der kleine Zwerg gab keine Antwort.

Und die Infantin stampfte mit dem Fuß auf und rief ihren Onkel herbei, der mit dem Kammerherrn auf der Terrasse wandelte und einige Depeschen las, die soeben aus Mexiko eingetroffen waren, wo man unlängst das Heilige Offizium eingerichtet hatte. »Mein drolliger kleiner Zwerg schmollt«, rief sie, »du musst ihn wecken und ihm gebieten, dass er für mich tanzt.«

Sie lächelten einander zu und kamen hereingeschlendert, und Don Pedro bückte sich und gab dem Zwerg mit seinem bestickten Handschuh einen Klaps auf die Wange. »Du musst tanzen«, sagte er, »*petit monstre*. Du musst tanzen. Die Infantin Spaniens und beider Indien will unterhalten sein.«

Aber der kleine Zwerg regte sich nicht.

»Man sollte einen Auspeitscher kommen lassen«, sagte Don Pedro müde und ging wieder auf die Terrasse. Aber der Kammerherr machte ein ernstes Gesicht, und er kniete sich neben den kleinen Zwerg und legte die Hand auf sein Herz. Und wenige Augenblicke später zuckte er die Achseln und erhob sich, und nachdem er sich tief vor der Infantin verneigt hatte, sagte er –

»*Mi bella Princesa*, Euer drolliger kleiner Zwerg wird nie wieder tanzen. Welch ein Jammer, denn er ist so hässlich, dass er vielleicht sogar den König zum Lächeln gebracht hätte.«

»Aber warum wird er nie wieder tanzen?«, fragte die Infantin lachend.

»Weil ihm das Herz gebrochen ist«, antwortete der Kammerherr.

Und die Infantin runzelte die Stirn und schürzte in hübscher Geringschätzung ihre zierlichen rosenblättrigen Lippen. »In Zukunft sollen die, welche kommen, um mit mir zu spielen, keine Herzen haben«, rief sie und lief hinaus in den Garten.

Der Fischer und seine Seele

Jeden Abend fuhr der junge Fischer aufs Meer hinaus und warf seine Netze ins Wasser.

Wenn der Wind vom Land her wehte, fing er nichts oder bestenfalls wenig, denn es war ein bitterer und schwarzgeflügelter Wind, und raue Wellen hoben sich ihm entgegen. Wenn aber der Wind zum Ufer hin wehte, stiegen die Fische aus der Tiefe empor und schwammen in die Maschen seiner Netze, und er trug sie zu Markte und verkaufte sie.

Jeden Abend fuhr er aufs Meer hinaus, und eines Abends war das Netz so schwer, dass er es kaum ins Boot ziehen konnte. Und er lachte und sagte bei sich: »Bestimmt habe ich alle Fische gefangen, die da schwimmen, oder ein träges Meeresungeheuer umstrickt, das den Menschen ein Wunder sein wird, oder ein grausiges Wesen, nach dem es die große Königin verlangen wird«, und indem er all seine Kraft aufbot, zerrte er an den groben Tauen, bis die langen Adern auf seinen Armen hervortraten wie Linien von blauer Emaille auf einer bronzenen Vase. Er zerrte an den dünnen Leinen, und näher und näher rückte der Ring flacher Korkschwimmer, und zuletzt tauchte das Netz an der Wasseroberfläche auf.

Aber es waren darin gar keine Fische noch irgendein Meeresungeheuer oder grausiges Wesen, sondern nur eine kleine Meerjungfrau in tiefem Schlaf.

Ihr Haar war wie ein feuchtes Vlies aus Gold und jedes einzelne Haar wie ein feiner Goldfaden in einer Schale aus

Glas. Ihr Leib war wie weißes Elfenbein, und ihr Schwanz war von Silber und Perlmutt. Silbern und perlweiß war ihr Schwanz, und um ihn geschlungen waren die grünen Algen des Meeres; und wie Meeresmuscheln waren ihre Ohren, und ihre Lippen waren wie Meereskorallen. Die kalten Wogen spritzten über ihre kalten Brüste, und das Salz erglitzerte auf ihren Lidern.

So schön war sie, dass der junge Fischer, als er sie sah, von Staunen erfüllt war, und er streckte die Hand aus und zog das Netz näher zu sich heran und beugte sich über die Bordwand und schloss sie in seine Arme. Und als er sie berührte, stieß sie einen Schrei aus wie eine erschrockene Seemöwe und erwachte und blickte ihn entsetzt an mit ihren malvenfarbenen Amethystenaugen und wand sich, um ihm zu entschlüpfen. Aber er hielt sie fest an sich gedrückt und litt es nicht, dass sie entwich.

Und als sie sah, dass sie ihm in keiner Weise entfliehen konnte, begann sie zu weinen und sagte: »Ich bitte dich, lass mich gehen, denn ich bin die einzige Tochter eines Königs, und mein Vater ist betagt und allein.«

Aber der junge Fischer antwortete: »Ich will dich nicht gehen lassen, es sei denn, du gibst mir das Versprechen, dass du kommst, sooft ich dich rufe, und für mich singst, denn die Fische erfreuen sich am Gesang des Meervolkes, und so werden meine Netze sich füllen.«

»Wirst du mich wahrhaftig gehen lassen, wenn ich dir das verspreche?«, rief die Meerjungfrau.

»Ich werde dich wahrhaftig gehen lassen«, sagte der junge Fischer.

Da gab sie ihm das Versprechen, das er ihr abverlangte, und schwor beim Eide des Meervolkes. Und er löste seine Arme von ihr, und sie sank hinab in die Fluten und zitterte vor sonderbarer Furcht.

Jeden Abend fuhr der junge Fischer aufs Meer hinaus und rief nach der Meerjungfrau, und sie stieg empor aus den Fluten und sang für ihn. Rings um sie her schwammen die Delphine, und die wilden Möwen kreisten über ihr.

Und sie sang ein wundersames Lied. Denn sie sang vom Meervolk, das seine Herden von Grotte zu Grotte treibt und die Kälbchen auf den Schultern trägt; von den Tritonen, die lange grüne Bärte haben und behaarte Brüste und in ihre gewundenen Muscheln stoßen, wenn der König vorüberzieht; vom Palast des Königs, der ganz aus Bernstein ist, mit einem Dach aus klarem Smaragd und einem Pflaster aus hellen Perlen; und von den Gärten des Meeres, wo sich den ganzen Tag die großen filigranen Korallenfächer wiegen und die Fische wie silberne Vögel umherschießen und die Anemonen sich an die Felsen klammern und im gerippten gelben Sand die Nelken knospen. Sie sang von den großen Walfischen, die von den nördlichen Meeren kommen und spitze Eiszapfen an den Finnen hängen haben; von den Sirenen, die so wunderbare Dinge erzählen, dass die Kauffahrer sich die Ohren mit Wachs verstopfen müssen, damit sie sie nicht hören und nicht ins Wasser springen und ertrinken; von den versunkenen Galeeren mit ihren hohen Masten und den erfrorenen Seeleuten, die sich ans Takelwerk klammern, und von den Makrelen, die durch die offenen Bullaugen ein und aus schwimmen; von den kleinen Rankenfußkrebsen, die große Seefahrer sind und sich an die Schiffskiele klammern und die ganze Welt umreisen; und von den Tintenfischen, die an den Wänden der Felsenklippen leben und ihre langen schwarzen Arme ausstrecken und alles zur Nacht werden lassen, wenn sie wollen. Sie sang von der Nautilusmuschel, die ein eigenes Boot hat, das aus einem Opal geschnitzt ist und mit einem seidenen Segel gesteuert wird; von den glücklichen Meermännern, die auf Harfen spielen und den großen Kraken in den Schlaf lullen können; von den kleinen Kindern, die die schlüpfrigen Tümmler fangen und lachend auf ihrem Rücken reiten; von den Meerjungfrauen, die in der weißen Gischt liegen und den Schiffern ihre Arme entgegenstrecken; und von den Seelöwen mit ihren gebogenen Hauern und den Seepferden mit ihren fließenden Mähnen.

Und wie sie so sang, kamen all die Thunfische aus der Tiefe herbei, um ihr zu lauschen, und der junge Fischer warf seine Netze über sie und fing sie ein, und andere erlegte er mit einem Wurfspeer. Und als sein Boot voll beladen war, lächelte die Meerjungfrau ihn an und sank wieder ins Meer hinab.

Doch nie kam sie ihm so nahe, dass er sie berühren konnte. Oftmals rief er nach ihr und flehte sie an, aber sie weigerte sich; und wenn er versuchte, sie zu haschen, tauchte sie in die Fluten, so wie ein Seehund taucht, und an dem Tag sah er sie nicht wieder. Und mit jedem Tag tönte der Klang ihrer Stimme ihm süßer in den Ohren. So süß war ihre Stimme, dass er seine Netze und sein Geschick vergaß und sein Handwerk vernachlässigte. Mit zinnoberroten Flossen und mit Augen von getriebenem Gold schwammen in Schwärmen die Thunfische vorbei, aber er achtete ihrer nicht. Sein Wurfspeer lag ungenutzt neben ihm, und seine Körbe aus Weidengeflecht blieben leer. Mit offenen Lippen und vor Staunen getrübten Augen saß er müßig in seinem Boot und lauschte, lauschte, bis die Meeresnebel ihn umwaberten und der wandernde Mond seine braunen Glieder mit Silber färbte.

Und eines Abends rief er nach ihr und sagte: »Kleine Meerjungfrau, kleine Meerjungfrau, ich liebe dich. Nimm mich zum Bräutigam, denn ich liebe dich.«

Aber die Meerjungfrau schüttelte den Kopf. »Du hast eine menschliche Seele«, antwortete sie. »Wenn du nur deine Seele fortschicken würdest, dann könnte ich dich lieben.«

Und der junge Fischer sagte bei sich: »Was nützt mir meine Seele? Ich kann sie nicht sehen. Ich kann sie nicht fassen. Ich kenne sie nicht. Wahrhaftig, ich will sie von mir schicken, und große Freude wird sich meiner bemächtigen.« Und ein Freudenschrei löste sich von seinen Lippen, und er stand in dem bemalten Boot und streckte die Arme nach der Meerjungfrau aus. »Ich will meine Seele fortschicken«, rief er, »und du sollst meine Braut sein, und ich will dein Bräutigam sein, und in der Tiefe des Meeres wollen wir zusammen wohnen, und alles, wovon du gesungen hast, sollst du mir zeigen, und alles, was du begehrst, will ich tun, und unser Leben soll ungeteilt sein.«

Und die kleine Meerjungfrau lachte vor Vergnügen und barg das Gesicht in den Händen.

»Aber wie soll ich meine Seele von mir schicken?«, rief der junge Fischer. »Sage mir, wie ich es vermag, und siehe!, es soll geschehen.«

»Ach! ich weiß es nicht«, sagte die kleine Meerjungfrau: »das Meervolk hat keine Seelen.« Und sie sah ihn wehmütig an und sank hinab in die Tiefe.

Nun ging der junge Fischer am nächsten Morgen in der Frühe, noch ehe die Sonne eine Handspanne über dem Hügel stand, zum Haus des Priesters und klopfte dreimal an die Tür.

Der Novize blickte zur Luke heraus, und als er sah, wer es war, schob er den Riegel zurück und sagte zu ihm: »Tritt ein.«

Und der junge Fischer trat ein und kniete nieder auf den süß duftenden Binsen des Fußbodens und rief den Priester an, der im Heiligen Buch las, und sagte zu ihm: »Hochwürden, ich bin in eine aus dem Meervolk verliebt, und meine Seele hindert mich daran, mir meinen Wunsch zu erfüllen. Sagt mir, wie ich meine Seele von mir schicken kann, denn in Wahrheit bedarf ich ihrer nicht. Welchen Wert hat meine Seele für mich? Ich kann sie nicht sehen. Ich kann sie nicht fassen. Ich kenne sie nicht.«

Und der Priester schlug sich an die Brust und antwortete:

»Weh, weh, du bist wahnsinnig oder hast von einem giftigen Kraut gegessen, denn die Seele ist der edelste Teil des Menschen und wurde uns von Gott geschenkt, dass wir sie edel gebrauchen. Da ist nichts Kostbareres als eine menschliche Seele, und kein irdisches Ding kann sie aufwiegen. Sie ist alles Gold wert, das in der Welt ist, und kostbarer als die Rubine der Könige. Darum, mein Sohn, denke nicht mehr daran, denn es ist eine Sünde, die nicht vergeben werden kann. Und was das Meervolk betrifft, so ist es verloren, und wer mit ihm verkehrt, ist gleichfalls verloren. Sie sind die Tiere auf dem Felde, die nicht zwischen Gut und Böse unterscheiden können, und nicht für sie ist der Herrgott gestorben.«

Die Augen des jungen Fischers füllten sich mit Tränen, als er die bitteren Worte des Priesters vernahm, und er erhob sich von den Knien und sagte zu ihm: »Hochwürden, die Faune leben im Wald und sind froh, und auf den Felsen sitzen die Meermänner mit ihren Harfen von rotem Gold. Lasst mich sein wie sie, ich flehe Euch an, denn ihre Tage sind wie die Tage der Blumen. Und was meine Seele betrifft, welchen Nutzen bringt mir meine Seele, wenn sie zwischen mir und dem Geschöpf steht, das ich liebe?«

»Die Liebe des Körpers ist schändlich«, rief der Priester und furchte die Stirn, »und schändlich und verderbt sind die heidnischen Wesen, denen Gott erlaubt, seine Welt zu durchwandern. Verflucht seien die Faune des Waldes und verflucht die Sängerinnen des Meeres! Ich habe sie zur Nachtzeit gehört, und sie haben versucht, mich von meinem Rosenkranz zu locken. Sie klopfen ans Fenster und lachen. Sie flüstern mir die Geschichte ihrer gefährlichen Freuden ins Ohr. Sie versuchen mich mit Versuchungen, und wenn ich bete, schneiden sie mir Fratzen. Sie sind verloren, sage ich dir, sie sind verloren. Für sie gibt es weder Himmel noch Hölle, und in keinem von beiden sollen sie den Namen Gottes rühmen.«

»Hochwürden«, rief der junge Fischer, »Ihr wisst nicht, was Ihr sagt. Einmal fing ich in meinem Netz die Tochter eines Königs. Sie ist schöner als der Morgenstern und weißer als der Mond. Für ihren Leib würde ich meine Seele hingeben und für ihre Liebe auf den Himmel verzichten. Sagt mir, worum ich Euch bitte, und lasst mich in Frieden ziehen.«

»Fort! Fort!«, rief der Priester. »Deine Buhle ist verloren, und du wirst mit ihr verloren sein.« Und er erteilte ihm keinen Segen, sondern jagte ihn von seiner Tür.

Und der junge Fischer ging hinab zum Marktplatz, und er ging langsam und mit gesenktem Kopf wie einer, der Kummer leidet.

Und als die Händler ihn kommen sahen, begannen sie einander zuzuflüstern, und einer von ihnen kam ihm entgegen und rief ihn bei seinem Namen und fragte ihn: »Was hast du zu verkaufen?«

»Ich will dir meine Seele verkaufen«, antwortete er: »Ich bitte dich, kauf sie mir ab, denn ich bin ihrer überdrüssig. Was nützt mir meine Seele? Ich kann sie nicht sehen. Ich kann sie nicht fassen. Ich kenne sie nicht.«

Aber die Händler verhöhnten ihn und sagten: »Was nützt

uns die Seele eines Menschen? Sie ist keinen Silberling wert. Verkaufe uns deinen Körper als Sklaven, und wir wollen dich in Meerespurpur kleiden und einen Ring an deinen Finger stecken und dich zum Günstling der großen Königin machen. Aber sprich nicht von der Seele, denn für uns ist sie ein Nichts und hat keinen Wert für unseren Handel.«

Und der junge Fischer sagte bei sich: »Was für ein sonderbar Ding! Der Priester sagt mir, die Seele sei alles Gold in der Welt wert, und die Händler sagen, sie sei keinen Silberling wert.« Und er entfernte sich vom Marktplatz und ging hinab ans Ufer des Meeres und begann darüber nachzugrübeln, was er tun solle.

Und am Mittag erinnerte er sich, wie einer seiner Gefährten, der ein Meerfenchelsucher war, ihm von einer gewissen jungen Hexe erzählt hatte, die am Ende der Bucht in einer Höhle hauste und in ihren Hexenkünsten sehr bewandert war. Und er lief los und rannte, so begierig war er, seiner Seele ledig zu werden, und eine Staubwolke folgte ihm, als er über den Sand des Ufers eilte. An einem Jucken ihrer Hand merkte die junge Hexe, dass er kam, und sie lachte und ließ ihr rotes Haar herab. Umwallt von ihrem roten Haar, stand sie im Eingang zur Höhle, und in der Hand hielt sie einen Zweig wilden Schierlings, der blühte.

»Was fehlt dir? Was fehlt dir?«, rief sie, als er den Hang heraufgekeucht kam und sich vor ihr verbeugte. »Fische für dein Netz, wenn der Wind garstig ist? Ich habe eine kleine Rohrflöte, und wenn ich darauf blase, kommt die Meeräsche zur Bucht hereingeschwommen. Aber sie hat einen Preis, hübscher Knabe, sie hat einen Preis. Was fehlt dir? Was fehlt dir? Ein Sturm, die Schiffe zu zertrümmern und die Truhen mit reichen Schätzen ans Ufer zu spülen? Ich habe mehr Stürme als der Wind, denn ich diene einem, der stärker ist als der Wind, und mit einem Sieb und einem Eimer Wasser kann ich die großen Galeeren auf den Meeresgrund schicken. Aber ich habe einen Preis, hübscher Knabe, ich habe einen Preis. Was fehlt dir? Was fehlt dir? Ich weiß eine Blume, die wächst im Tal, keiner kennt sie außer mir. Sie hat purpurne Blätter und einen Stern im Herzen, und ihr Saft ist so weiß wie Milch. Solltest du mit dieser Blume die harten Lippen der Königin berühren, so würde sie dir durch die ganze Welt folgen. Aus dem Bett des Königs würde sie sich erheben, und über die ganze Welt würde sie dir folgen. Und sie hat einen Preis, hübscher Knabe, sie hat einen Preis. Was fehlt dir? Was fehlt dir? Ich kann eine Kröte in einem Mörser zerstoßen und einen Sud daraus brauen und den Sud mit einer Totenhand rühren. Benetze deinen Feind damit, wenn er schläft, und er wird sich in eine schwarze Viper verwandeln, und seine eigene Mutter wird ihn erschlagen. Mit einem Spinnrad kann ich den Mond vom Himmel holen, und in einem Kristall kann ich den Tod dir zeigen. Was fehlt dir? Was fehlt dir? Verrate mir deinen Wunsch, und ich will ihn dir erfüllen, und du sollst mir einen Preis zahlen, hübscher Knabe, du sollst mir einen Preis zahlen.«

»Mein Wunsch gilt nur einer Kleinigkeit«, sagte der junge Fischer, »doch der Priester hat mir gezürnt und mich davongejagt. Er gilt einer Kleinigkeit, und die Händler haben mich verhöhnt und mich abgewiesen. Darum bin ich zu dir gekommen, obgleich die Menschen dich böse nennen, und was immer dein Preis sei, ich will ihn bezahlen.«

»Was willst du?«, fragte die Hexe und kam näher.

»Ich will meine Seele von mir schicken«, antwortete der junge Fischer.

Die Hexe erbleichte und schauderte und barg das Gesicht in ihrem blauen Umhang. »Hübscher Knabe, hübscher Knabe«, murmelte sie, »das ist etwas Schreckliches.«

Er schüttelte seine braunen Locken und lachte. »Meine Seele ist mir ein Nichts«, antwortete er. »Ich kann sie nicht sehen. Ich kann sie nicht fassen. Ich kenne sie nicht.«

»Was willst du mir geben, wenn ich es dir verrate?«, fragte die Hexe und sah aus ihren schönen Augen auf ihn nieder.

»Fünf Goldstücke«, sagte er, »und meine Netze und die Hütte aus Flechtwerk, darin ich wohne, und das bemalte Boot, darin ich segele. Nur verrate mir, wie ich meiner Seele ledig werde, und ich will dir alles geben, was ich besitze.«

Sie lachte ihn spöttisch an und schlug ihn mit dem Schierlingszweig. »Die Herbstblätter kann ich in Gold verwandeln«, antwortete sie, »und die bleichen Mondstrahlen zu Silber weben, wenn ich will. Er, dem ich diene, ist reicher als alle Könige dieser Welt und herrscht über sie.«

»Was dann soll ich dir geben«, rief er, »wenn dein Preis nicht Gold ist noch Silber?«

Die Hexe strich ihm mit ihrer schmalen weißen Hand

durchs Haar. »Du musst mit mir tanzen, hübscher Knabe«, murmelte sie und lächelte ihn an, während sie sprach.

»Nichts weiter?«, rief der junge Fischer verwundert und sprang auf die Füße.

»Nichts weiter«, antwortete sie, und wieder lächelte sie ihn an.

»So wollen wir bei Sonnenuntergang an einem geheimen Ort miteinander tanzen«, sagte er, »und wenn wir getanzt haben, wirst du mir verraten, was ich zu wissen begehre.«

Sie schüttelte den Kopf. »Wenn der Mond voll ist, wenn der Mond voll ist«, murrte sie. Dann spähte sie ringsumher und horchte. Ein blauer Vogel flog kreischend aus seinem Nest auf und kreiste über den Dünen, und drei gefleckte Vögel raschelten durch das grobe graue Gras und flöteten einander zu. Kein anderer Laut war zu hören als das Klatschen einer Welle, die die glatten Kiesel unten rieb. Da streckte sie ihre Hand aus und zog ihn näher zu sich heran und drückte ihre trockenen Lippen dicht an sein Ohr.

»Heute Nacht musst du auf den Gipfel des Berges kommen«, flüsterte sie. »Es ist Sabbat, und Er wird dort sein.«

Der junge Fischer schrak zusammen und blickte sie an, und sie entblößte ihre weißen Zähne und lachte. »Wer ist Er, von dem du sprichst?«, fragte er.

»Das tut nichts zur Sache«, antwortete sie. »Gehe du heute Nacht und stelle dich unter die Äste der Weißbuche und warte auf mein Kommen. Wenn ein schwarzer Hund auf dich zuläuft, so schlage ihn mit einer Weidenrute, und er wird sich verziehen. Wenn eine Eule dich anruft, gib ihr keine Antwort. Wenn der Mond voll ist, werde ich bei dir sein, und wir wollen auf dem Gras miteinander tanzen.«

»Aber schwörst du, mir zu verraten, wie ich meine Seele von mir schicken kann?«, fragte er.

Sie trat hinaus ins Sonnenlicht, und der Wind kräuselte ihr rotes Haar. »Bei den Hufen des Ziegenbocks, ich schwöre es«, gab sie zur Antwort.

»Du bist die beste der Hexen«, rief der junge Fischer, »und ganz gewiss werde ich heute Nacht auf dem Gipfel des Berges mit dir tanzen. Mir wäre es lieber, du hättest mich um Gold oder Silber gebeten. Aber wie dein Preis auch sei, du sollst ihn haben, denn er ist nur eine Kleinigkeit.« Und er zog seine Mütze vor ihr und verneigte sich tief und rannte, von großer Freude erfüllt, zurück zur Stadt.

Und die Hexe sah ihm nach, wie er davonlief, und als er außer Sicht war, betrat sie ihre Höhle, und nachdem sie einem Kästchen aus geschnitztem Zedernholz einen Spiegel entnommen hatte, stellte sie ihn auf einen Rahmen und verbrannte davor Eisenkraut auf glühender Holzkohle und spähte durch die Rauchkringel. Und nach einer Weile ballte sie zornig die Fäuste. »Er hätte mein sein sollen«, murrte sie, »ich bin genauso schön wie sie.«

Und am Abend, als der Mond aufgegangen war, stieg der junge Fischer auf den Gipfel des Berges und stellte sich unter die Äste der Weißbuche. Wie eine Tartsche von poliertem Metall lag das Meeresrund zu seinen Füßen, und die Schatten der Fischerboote bewegten sich in der kleinen Bucht hin und her. Eine große Eule mit gelben Schwefelaugen rief ihn bei seinem Namen, aber er gab keine Antwort. Ein schwarzer Hund lief auf ihn zu und fletschte die Zähne. Er schlug ihn mit einer Weidenrute, und winselnd verzog er sich.

Um Mitternacht kamen die Hexen durch die Lüfte geflogen wie Fledermäuse. »Pfui!«, riefen sie, als sie auf dem Boden aufsetzten, »hier ist jemand, den wir nicht kennen!«, und sie schnüffelten und schwatzten miteinander und machten Zeichen. Als Letzte kam die junge Hexe, und ihr rotes Haar flatterte im Wind. Sie trug ein mit Pfauenaugen besticktes Kleid aus Goldgespinst, und eine kleine Kappe aus grünem Samt saß auf ihrem Kopf.

»Wo ist er, wo ist er?«, kreischten die Hexen, als sie sie sahen, sie aber lachte nur und lief zu der Weißbuche, nahm den Fischer bei der Hand, führte ihn hinaus ins Mondlicht und begann zu tanzen.

Rund und rund wirbelten sie, und die junge Hexe sprang so hoch, dass er die scharlachroten Hacken ihrer Schuhe sehen konnte. Dann erscholl über die Tänzer hinweg das Getrappel eines galoppierenden Rosses, aber kein Ross war zu sehen, und er bekam es mit der Angst zu tun.

»Schneller«, rief die Hexe, und sie schlang ihre Arme um seinen Nacken, und ihr Atem lag heiß auf seinem Gesicht. »Schneller, schneller!«, rief sie, und die Erde unter seinen Füßen schien zu wanken, und sein Hirn wurde wirr, und großes Entsetzen befiel ihn, als starre ein böses Wesen ihn an, und endlich wurde er gewahr, dass im Schatten eines Felsens eine Gestalt stand, die zuvor noch nicht da gewesen war.

Es war ein Mann, in ein Kostüm von schwarzem Samt gekleidet, das nach der spanischen Mode geschnitten war. Sein Gesicht war eigentümlich bleich, aber seine Lippen waren wie eine stolze rote Blüte. Er schien müde und lehnte sich zurück und spielte teilnahmslos mit dem Knauf seines Dolches. Neben ihm im Gras lagen ein befiederter Hut und ein Paar Reithandschuhe, mit vergoldeter Spitze bestickt und mit Saatperlen benäht, die ein rätselhaftes Sinnbild ergaben. Ein kurzer Zobelpelzmantel hing ihm von der Schulter, und seine zarten weißen Hände waren mit Ringen geschmückt. Schwere Lider senkten sich über seine Augen.

Der junge Fischer beobachtete ihn wie einer, der einem Zauber anheimgefallen ist. Schließlich trafen sich ihre Blicke, und wo immer er gerade tanzte, schien es ihm, als ruhten die Augen des Mannes auf ihm. Er hörte die Hexe lachen und fasste sie um die Taille und wirbelte sie wie toll rundherum.

Plötzlich schlug im Wald ein Hund an, und die Tänzer hielten inne, und paarweise gingen sie hin, knieten nieder und küssten dem Mann die Hände. Dabei streifte ein kleines Lächeln seine stolzen Lippen, so wie eine Vogelschwinge das Wasser streift und es zum Lachen bringt. Aber es lag Verachtung darin. Er sah den jungen Fischer unverwandt an.

»Komm! lass uns anbeten«, flüsterte die Hexe, und sie führte ihn hin, und ein großes Verlangen ergriff ihn, zu tun, worum sie ihn ersuchte, und er folgte ihr. Doch wie er näher kam, schlug er, ohne zu wissen warum, das Zeichen des Kreuzes auf seiner Brust und rief den heiligen Namen an.

Kaum hatte er das getan, da kreischten die Hexen wie Habichte und flogen davon, und das bleiche Gesicht, das ihn beobachtet hatte, zuckte schmerzverkrampft. Der Mann ging hinüber zu einem Wäldchen und pfiff. Ein spanisches Sattelpferd mit silbernem Geschirr kam auf ihn zugetrabt. Als er sich auf den Sattel schwang, wandte er sich um und blickte den jungen Fischer traurig an.

Und die Hexe mit dem roten Haar versuchte gleichfalls davonzufliegen, doch der Fischer packte sie an den Handgelenken und hielt sie fest.

»Lass mich los«, rief sie, »und lass mich gehen. Denn du hast genannt, was nicht genannt sein soll, und das Zeichen gezeigt, das nicht geschaut werden darf.«

»Nein«, entgegnete er, »ich lasse dich nicht eher gehen, als bis du mir das Geheimnis verraten hast.«

»Welches Geheimnis?«, fragte die Hexe, rang mit ihm wie eine Wildkatze und biss sich auf die schaumgeifernden Lippen.

»Du weißt es«, gab er zur Antwort.

Ihre grasgrünen Augen trübten sich vor Tränen, und sie sagte zu dem Fischer: »Frage mich alles, nur das nicht!«

Er lachte und hielt sie umso fester.

Und als sie merkte, dass sie sich nicht befreien konnte, flüsterte sie ihm zu: »Gewiss bin ich so schön wie die Tochter des

Meeres und so anmutig wie jene, die in den blauen Wassern wohnen«, und sie schmiegte sich an ihn und schob ihr Gesicht dicht an seines.

Er aber stieß sie mit finsterer Miene zurück und sagte zu ihr: »Wenn du das Versprechen nicht hältst, das du mir gegeben hast, so will ich dich erschlagen als eine falsche Hexe.«

Sie wurde grau wie die Blüte des Judasbaumes und schauderte. »So sei es«, murrte sie. »Es ist deine Seele und nicht meine. Tue mit ihr, wie du willst.« Und sie nahm aus ihrem Gürtel ein kleines Messer, das hatte einen Griff aus grüner Viperhaut, und reichte es ihm.

»Wozu soll mir das dienen?«, fragte er sie verwundert.

Einige Augenblicke blieb sie stumm, und ein Ausdruck des Entsetzens überflog ihr Gesicht. Dann strich sie sich das Haar aus der Stirn und sagte zu ihm mit einem sonderbaren Lächeln: »Was die Menschen den Schatten des Körpers nennen, das ist nicht der Schatten des Körpers, sondern der Körper der Seele. Stelle dich mit dem Rücken zum Mond ans Meeresufer und schneide rings um deine Füße deinen Schatten ab, der der Körper deiner Seele ist, und befiehl deiner Seele, dich zu verlassen, und sie wird es tun.«

Der junge Fischer zitterte. »Ist das wahr?«, murmelte er.

»Es ist wahr, und ich wünschte, ich hätte es dir nicht verraten«, rief sie, und weinend umklammerte sie seine Knie.

Er stieß sie von sich und ließ sie im üppigen Gras liegen, und als er zum Bergrand ging, steckte er das Messer in seinen Gürtel und begann hinabzusteigen.

Und seine Seele, die in ihm war, rief ihn an und sprach: »Siehe!, ich habe all diese Jahre bei dir gewohnt und bin deine Dienerin gewesen. Schicke mich jetzt nicht fort von dir, denn was habe ich dir Böses getan?«

Und der junge Fischer lachte. »Du hast mir nichts Böses getan, aber ich brauche dich nicht«, antwortete er. »Die Welt ist groß, und dann ist da auch noch der Himmel und die Hölle und jenes Haus des trüben Zwielichts, das zwischen ihnen liegt. Gehe, wohin du willst, aber belästige mich nicht, denn meine Liebste ruft nach mir.«

Und seine Seele flehte ihn herzzerreißend an, er aber achtete ihrer nicht, sondern sprang von Fels zu Fels, trittfest wie eine Bergziege, und zuletzt erreichte er ebenes Gelände und das gelbe Ufer des Meeres.

Mit bronzenen Gliedern und wohlgestalt wie eine Statue, von einem Griechen geschaffen, stand er mit dem Rücken zum Mond auf dem Sand, und aus der Gischt erhoben sich weiße Arme, die lockten ihn, und aus den Wogen stiegen verschwommene Gestalten, die huldigten ihm. Vor ihm lag sein Schatten, der der Körper seiner Seele war, und hinter ihm hing der Mond in der honigfarbenen Luft.

Und seine Seele sprach zu ihm: »Wenn du mich wirklich von dir jagen musst, so schicke mich nicht ohne ein Herz fort. Die Welt ist grausam, gib mir dein Herz, dass ich es mitnehmen kann.«

Er schüttelte den Kopf und lächelte. »Womit sollte ich meine Liebste lieben, wenn ich mein Herz dir gäbe?«, rief er.

»Sei doch barmherzig«, sprach seine Seele: »Gib mir dein Herz, denn die Welt ist sehr grausam, und mir ist bang.«

»Mein Herz gehört meiner Liebsten«, erwiderte er, »darum säume nicht, sondern mach dich fort.«

»Darf ich nicht auch lieben?«, fragte seine Seele.

»Mach dich fort, denn ich brauche dich nicht«, rief der junge Fischer, und er nahm das kleine Messer mit dem Griff aus grüner Vipernhaut und schnitt rings um seine Füße seinen Schatten ab, und dieser erhob sich und stand vor ihm und sah ihn an, und er war geradeso wie er selbst.

Er wich zurück und stieß das Messer in seinen Gürtel, und ein Gefühl heiliger Scheu überkam ihn. »Mach dich fort«, murmelte er, »und lass dich nicht wieder blicken.«

»Nein, wir müssen uns wiedersehen«, sprach die Seele. Ihre Stimme war leise und flötengleich, und ihre Lippen bewegten sich kaum, als sie sprach.

»Wie sollen wir uns wiedersehen?«, rief der junge Fischer. »Du wirst mir doch nicht folgen in die Tiefen des Meeres?«

»Einmal im Jahr will ich hierherkommen und nach dir rufen«, sprach die Seele. »Mag sein, dass du mich brauchst.«

»Wozu sollte ich dich brauchen?«, rief der junge Fischer, »aber es sei, wie du willst«, und er stürzte sich in die Fluten, und die Tritonen stießen in ihre Hörner, und die kleine Meerjungfrau hob sich ihm entgegen und schlang ihre Arme um seinen Nacken und küsste ihn auf den Mund.

Und die Seele stand an dem einsamen Strand und beobachtete sie. Und als sie ins Meer hinabgesunken waren, ging sie weinend über die Sümpfe davon.

Und als ein Jahr um war, kam die Seele ans Ufer des Meeres und rief nach dem jungen Fischer, und er stieg aus der Tiefe empor und fragte: »Warum rufst du nach mir?«

Und die Seele antwortete: »Tritt näher, dass ich mit dir reden kann, denn wundersame Dinge habe ich gesehen.«

Also trat er näher und kauerte im seichten Wasser und lehnte den Kopf in die Hand und lauschte.

Und die Seele sprach zu ihm: »Als ich dich verließ, wandte ich mein Gesicht gen Osten und wanderte. Aus dem Osten kommt alles, was weise ist. Sechs Tage lang wanderte ich, und am Morgen des siebenten Tages kam ich an einen Hügel, der im Land der Tataren liegt. Ich setzte mich nieder im Schatten einer Tamariske, um mich vor der Sonne zu schützen. Das Land war verdorrt und von der Hitze verbrannt. In der Ebene liefen die Menschen hin und her wie Fliegen, die über eine Scheibe von blankem Kupfer krabbeln.

Als es Mittag wurde, stieg vom flachen Rand des Landes eine rote Staubwolke auf. Als die Tataren sie sahen, spannten sie ihre bemalten Bogen, sprangen auf ihre kleinen Pferde und sprengten ihr entgegen. Die Weiber flohen kreischend zu den Wagen und versteckten sich hinter den Filzvorhängen.

In der Abenddämmerung kehrten die Tataren zurück, aber fünf von ihnen fehlten, und von denen, die zurückkamen, waren nicht wenige verwundet. Sie spannten ihre Pferde vor die Wagen und fuhren eilends davon. Drei Schakale kamen aus einer Höhle und äugten ihnen nach. Dann witterten sie mit ihren Nüstern und trabten in der entgegengesetzten Richtung davon.

Als der Mond aufging, sah ich in der Ebene ein Lagerfeuer brennen und ging darauf zu. Ringsum saß eine Gruppe von Kaufleuten auf Teppichen. Ihre Kamele waren hinter ihnen angepflockt, und die Neger, die ihre Diener waren, schlugen Zelte aus gegerbten Fellen im Sand auf und errichteten eine hohe Mauer aus Stachelbirnen.

Als ich mich ihnen näherte, erhob sich der Anführer der Kaufleute, zog seinen Säbel und fragte nach meinem Begehr.

Ich antwortete, ich sei ein Fürst in meinem Land und sei den Tataren entflohen, die mich zu ihrem Sklaven machen wollten. Der Anführer lächelte und zeigte mir fünf Köpfe, die waren auf langen Bambusrohren aufgespießt.

Dann fragte er mich, wer der Prophet Gottes sei, und ich antwortete ihm: Mohammed.

Als er den Namen des falschen Propheten hörte, verneigte er sich, nahm mich bei der Hand und hieß mich an seiner Seite Platz nehmen. Ein Neger brachte mir Stutenmilch in einer hölzernen Schale und ein Stück gebratenes Lammfleisch.

Bei Tagesanbruch traten wir unsere Reise an. Ich ritt auf einem rothaarigen Kamel an der Seite des Anführers, und vor uns lief ein Läufer, der einen Speer trug. Die Krieger schritten zu beiden Seiten, und die Maultiere folgten mit den Waren. Es gab vierzig Kamele in der Karawane, und die Maultiere waren zweimal vierzig an der Zahl.

Wir zogen aus dem Land der Tataren in das Land derer, die den Mond verfluchen. Wir sahen die Greifen, die ihr Gold auf den weißen Felsen hüteten, und die geschuppten Drachen, die in ihren Höhlen schliefen. Als wir das Gebirge überquerten, hielten wir den Atem an, dass wir nicht eingeschneit würden, und jeder Mann band sich einen Gazeschleier vor die Augen. Als wir die Täler durchquerten, schossen die Pygmäen aus den Höhlungen der Bäume mit Pfeilen auf uns, und des Nachts hörten wir die Wilden ihre Trommeln schlagen. Als wir zum Turm der Affen kamen, setzten wir ihnen Früchte vor, und sie taten uns nichts zuleide. Als wir zum Turm der Schlangen kamen, gaben wir ihnen warme Milch in Messingschalen, und sie ließen uns weiterziehen. Dreimal auf unserer Reise kamen wir zu den Ufern des Oxus. Wir setzten auf hölzernen Flößen mit großen Schwimmblasen aus aufgeblasenen Tierhäuten über. Die Flusspferde wüteten gegen uns und wollten uns töten. Als die Kamele sie sahen, zitterten sie.

Die Könige einer jeden Stadt belegten uns mit Zöllen, litten es jedoch nicht, dass wir durch ihre Tore einzogen. Über die Mauern warf man uns Brot zu, kleine in Honig gebackene Maiskuchen und mit Datteln gefüllte Küchlein aus feinem Mehl. Für je hundert Körbe gaben wir ihnen eine Bernsteinperle.

Wenn die Bewohner der Dörfer uns kommen sahen, vergifteten sie die Brunnen und flüchteten zu den Hügelkuppen. Wir kämpften mit den Magadaern, die alt geboren sind und von Jahr zu Jahr jünger werden und die sterben, wenn sie kleine Kinder sind; und mit den Laktroern, die von sich behaupten, die Söhne von Tigern zu sein, und sich gelb und schwarz anmalen; und mit den Aurantern, die ihre Toten in den Wipfeln der Bäume beisetzen und selbst in finsteren Höhlen hausen, damit die Sonne, die ihr Gott ist, sie nicht erschlägt; und mit den Krimniern, die ein Krokodil anbeten und ihm Ohrringe aus grünem Gras opfern und es mit Butter und frischem Geflügel mästen; und mit den Agazonbern, die Hundegesichter haben; und mit den Sibanern, die Pferdehufe haben und schneller laufen als jedes Ross. Ein Drittel unserer Reisegesellschaft starb in der Schlacht, und ein Drittel starb an Entbehrung. Der Rest murrte wider mich und sagte, ich hätte ihnen Unglück gebracht. Ich nahm eine Hornviper unter einem Stein hervor und ließ mich von ihr beißen. Als sie sahen, dass ich nicht erkrankte, bekamen sie es mit der Angst zu tun.

Im vierten Monat erreichten wir die Stadt Illel. Es war zur Nachtzeit, als wir zu dem Gehölz vor den Mauern gelangten, und die Luft war schwül, denn der Mond stand im Zeichen des Skorpions. Wir pflückten die reifen Granatäpfel von den Bäumen, brachen sie auf und tranken ihren süßen Saft. Dann legten wir uns auf unseren Teppichen nieder und warteten auf das Morgengrauen.

Und im Morgengrauen erhoben wir uns und klopften an das Stadttor. Es war aus roter Bronze geschmiedet und mit Meeresdrachen und geflügelten Drachen verziert. Die Wächter blickten von den Zinnen herab und fragten nach unserem Begehr. Der Dolmetsch der Karawane antwortete, wir seien mit viel Ware von der Insel Syrien gekommen. Sie nahmen Geiseln und sagten uns, sie würden uns um Mittag das Tor öffnen, und hießen uns bis dahin ausharren.

Als es Mittag wurde, öffneten sie das Tor, und als wir einzogen, kam das Volk aus den Häusern herbeigeströmt, um uns zu betrachten, und ein Ausrufer ging in der Stadt herum und rief durch eine Muschel. Auf dem Marktplatz hielten wir an, und die Neger schnürten die Ballen gemusterter Stoffe auf und öffneten die geschnitzten Truhen aus Sykomorenholz. Und als sie ihre Arbeit beendet hatten, stellten die Kaufleute ihre befremdlichen Waren zur Schau, das gewachste Linnen Ägyptens und das bemalte Linnen aus dem Land der Äthiopier, die purpurnen Schwämme aus Tyrus und die blauen Wandbehänge aus Sidon, die Becher aus kaltem Bernstein und die feinen Gefäße aus Glas und die seltsamen Gefäße aus gebranntem Ton. Vom Dach eines Hauses aus beobachtete uns eine Schar Frauen. Eine von ihnen trug eine Maske aus vergoldetem Leder.

Und am ersten Tag kamen die Priester und tauschten mit uns, und am zweiten Tag kamen die Vornehmen, und am dritten Tag kamen die Handwerker und die Sklaven. Und so halten sie es mit allen Kaufleuten, solange diese in der Stadt verweilen.

Und wir verweilten einen Mond lang dort, und als der Mond abnahm, ermüdete ich und wanderte durch die Straßen der Stadt und kam zu dem Garten ihres Gottes. Die Priester in ihren gelben Gewändern bewegten sich schweigend zwischen den grünen Bäumen, und auf einem Pflaster von schwarzem

Marmor stand das rosarote Haus, in dem der Gott seine Wohnstatt hatte. Seine Türen waren von Goldstaublack, und eingearbeitet waren Stiere und Pfauen aus erhabenem, glänzendem Gold. Das geschrägte Dach war aus meergrünem Porzellan und das Dachgesims mit Glöckchen behangen. Wenn die weißen Tauben vorüberflogen, schlugen sie mit ihren Schwingen die Glöckchen, dass sie klingelten.

Vor dem Tempel befand sich ein Bassin mit klarem Wasser, das mit geädertem Onyx ausgelegt war. Ich ließ mich daneben nieder, und mit meinen bleichen Fingern berührte ich die breiten Blätter. Einer der Priester kam auf mich zu und blieb hinter mir stehen. Er hatte Sandalen an den Füßen, die eine aus weicher Schlangenhaut, die andere aus Vogelgefieder. Auf seinem Kopf saß eine Mitra aus schwarzem Filz, die mit silbernen Halbmonden verziert war. Siebenfaches Gelb war in sein Gewand gewoben, und sein gekräuseltes Haar war mit Antimon gefärbt.

Nach einer kurzen Weile sprach er zu mir und fragte nach meinem Begehr.

Ich sagte ihm, es sei mein Begehr, den Gott zu sehen.

›Der Gott ist auf der Jagd‹, sagte der Priester und sah mich aus seinen schmalen Schlitzaugen seltsam an.

›Sagt mir, in welchem Wald, und ich will mit ihm reiten‹, antwortete ich.

Mit seinen langen, spitzen Fingernägeln kämmte er die weichen Fransen seines Überkleides aus. ›Der Gott schläft‹, murmelte er.

›Sagt mir, auf welchem Diwan, und ich will bei ihm wachen‹, antwortete ich.

›Der Gott ist beim Festmahl‹, rief er.

›Ist der Wein süß, so will ich mit ihm trinken, und ist er bitter, so will ich gleichfalls mit ihm trinken‹, war meine Antwort.

Er neigte verwundert den Kopf, und indem er mich bei der Hand nahm, zog er mich hoch und führte mich in den Tempel.

Und im ersten Gemach sah ich ein Götzenbild auf einem Thron aus Jaspis sitzen, der mit großen orientalischen Perlen eingefasst war. Geschnitzt war es aus Ebenholz, und sein Wuchs war der Wuchs eines Mannes. Auf seiner Stirn saß ein Rubin, und dickes Öl tropfte von seinem Haar auf seine Schenkel. Seine Füße waren rot von dem Blut eines frisch geschlachteten Zickleins und seine Lenden mit einem kupfernen Gürtel gegürtet, der mit sieben Beryllen besetzt war.

Und ich sagte zu dem Priester: ›Ist dies der Gott?‹ Und er antwortete mir: ›Dies ist der Gott.‹

›Zeigt mir den Gott‹, rief ich, ›oder ich will Euch gewisslich erschlagen.‹ Und ich berührte seine Hand, und sie verdorrte.

Und der Priester beschwor mich und sagte: ›Mein Herr heile seinen Knecht, und ich will ihm den Gott zeigen.‹

Also behauchte ich seine Hand mit meinem Atem, und sie wurde wieder heil, und er erschauerte und führte mich in das zweite Gemach, und ich sah ein Götzenbild, das stand auf einem Lotos aus Jade, der war mit großen Smaragden behangen.

Geschnitzt war es aus Elfenbein, und sein Wuchs war zweimal der Wuchs eines Mannes. Auf seiner Stirn saß ein Chrysolith, und seine Brust war mit Myrrhe und Zimt bestrichen. In einer Hand hielt es ein krummes Zepter aus Jade und in der anderen einen runden Kristall. Es trug Kothurne aus Erz, und sein dicker Hals war mit einem Kranz aus Seleniten bekränzt.

Und ich sagte zu dem Priester: ›Ist dies der Gott?‹ Und er antwortete mir: ›Dies ist der Gott.‹

›Zeigt mir den Gott‹, rief ich, ›oder ich will Euch gewisslich erschlagen.‹ Und ich berührte seine Augen, und sie wurden blind.

Und der Priester beschwor mich und sagte: ›Mein Herr heile seinen Knecht, und ich will ihm den Gott zeigen.‹

Also behauchte ich seine Augen mit meinem Atem, und das Licht kehrte in sie zurück, und wieder erschauerte er und führte mich in das dritte Gemach, und siehe!, darin stand kein Götzenbild noch irgendein Bild, sondern nur ein runder Spiegel aus Metall, der stand auf einem steinernen Altar.

Und ich sagte zu dem Priester: ›Wo ist der Gott?‹

Und er antwortete mir: ›Es ist kein Gott außer diesem Spiegel, den du siehst, denn dies ist der Spiegel der Weisheit. Und er spiegelt alle Dinge im Himmel wie auf Erden außer dem Gesicht dessen, der hineinblickt. Dieses spiegelt er nicht, auf dass der, der hineinblickt, weise sei. Es gibt noch viele andere Spiegel, aber das sind Spiegel des bloßen Meinens. Dies allein ist der Spiegel der Weisheit. Und wer diesen Spiegel besitzt, der weiß alles, und nichts bleibt ihm verborgen. Und wer ihn nicht besitzt, der besitzt auch die Weisheit nicht. Darum ist er der Gott, und wir beten ihn an.‹ Und ich blickte in den Spiegel, und es war genau so, wie er mir gesagt hatte.

Und ich tat etwas Merkwürdiges, doch was ich tat, tut nichts zur Sache, denn in einem Tal, nur eine Tagesreise von hier entfernt, habe ich den Spiegel der Weisheit versteckt. Erlaube mir, wieder in dich einzutreten und deine Dienerin zu sein, und du sollst weiser sein als alle Weisen, und die Weisheit soll dein sein. Erlaube mir, in dich einzutreten, und keiner wird so weise sein wie du.«

Aber der junge Fischer lachte. »Liebe ist besser als Weisheit«, rief er, »und die kleine Meerjungfrau liebt mich.«

»Nein, nichts ist besser als Weisheit«, sprach die Seele.

»Die Liebe ist besser«, antwortete der junge Fischer, und er stürzte sich in die Tiefe, und die Seele ging weinend über die Sümpfe davon.

Und als das zweite Jahr um war, kam die Seele herab ans Ufer des Meeres und rief nach dem jungen Fischer, und er stieg aus der Tiefe empor und fragte: »Warum rufst du nach mir?«

Und die Seele antwortete: »Tritt näher, dass ich mit dir reden kann, denn wundersame Dinge habe ich gesehen.«

Also trat er näher und kauerte im seichten Wasser und lehnte den Kopf in die Hand und lauschte.

Und die Seele sprach zu ihm: »Als ich dich verließ, wandte ich mein Gesicht gen Süden und wanderte. Aus dem Süden kommt alles, was kostbar ist. Sechs Tage lang wanderte ich über die Landstraßen, die zur Stadt Ashtar führen, über die staubigen, rot gefärbten Landstraßen, auf denen immer die Pilger ziehen, wanderte ich, und am Morgen des siebenten Tages hob ich die Augen, und siehe!, die Stadt lag zu meinen Füßen, denn sie liegt in einem Tal.

Es gibt neun Tore zu dieser Stadt, und vor jedem Tor steht ein bronzenes Pferd, das wiehert, wenn die Beduinen von den Bergen herabkommen. Die Mauern sind mit Kupfer verkleidet und die Wachttürme auf den Mauern mit Erz gedeckt. Auf jedem Turm steht ein Bogenschütze mit einem Bogen in der Hand. Bei Sonnenaufgang schießt er einen Pfeil gegen einen Gong, und bei Sonnenuntergang stößt er in ein hörnernes Horn.

Als ich eintreten wollte, hielten die Wächter mich an und fragten mich, wer ich sei. Ich gab zur Antwort, ich sei ein Derwisch und auf dem Weg zur Stadt Mekka, wo sich ein grüner Schleier befinde, auf den sei von den Händen der Engel in silbernen Lettern der Koran gestickt. Sie waren von Staunen erfüllt und baten mich, einzutreten.

Drinnen ging es genauso zu wie auf einem Basar. Wahrhaftig, du hättest bei mir sein sollen. In den schmalen Gassen flattern lustige Papierlaternen wie große Schmetterlinge. Wenn der Wind über die Dächer weht, steigen und fallen sie wie bunte Seifenblasen. Vor ihren Buden sitzen die Händler auf seidenen Teppichen. Sie haben gerade schwarze Bärte, und ihre Turbane sind mit goldenen Zechinen bedeckt, und lange Ketten von Bernstein und geschnitzten Pfirsichkernen gleiten durch ihre kühlen Finger. Einige von ihnen verkaufen Galbanum und Nardenöl und eigentümliche Wohlgerüche von den Inseln des Indischen Meeres und das dicke Öl roter Rosen und Myrrhe und kleine nagelförmige Gewürznelken. Wenn einer anhält, um mit ihnen zu reden, werfen sie auf ein Holzkohlenbecken kleine Weihrauchstückchen und versüßen die Luft. Ich sah einen Syrer, der hielt in den Händen ein Stäbchen, dünn wie ein Schilfrohr. Graue Rauchfäden quollen daraus hervor, und als es verbrannte, war der Duft wie der Duft der rosa Mandelblüte im Frühling. Andere verkaufen silberne Armspangen, die über und über mit milchig blauen Türkisen geschmückt sind, und Fußspangen aus Messing, die mit kleinen Perlen besät sind, und in Gold gefasste Tigerkrallen und die Krallen jener gelben Wildkatze, des Leoparden, auch diese in Gold gefasst, und Ohrringe aus durchbohrtem Smaragd und Fingerringe aus gehöhlter Jade. Von den Teehäusern dringt der Klang der Gitarre, und die Opiumraucher mit ihren lächelnden weißen Gesichtern sehen auf die Vorübergehenden hinaus.

Wahrhaftig, du hättest bei mir sein sollen. Die Weinhändler drängeln sich durch die Menge mit großen schwarzen Schläuchen auf den Schultern. Die meisten von ihnen verkaufen den Wein aus Schiras, der so süß ist wie Honig. Sie reichen ihn in kleinen metallenen Bechern und streuen Rosenblätter darauf. Auf dem Marktplatz stehen die Obstverkäufer, die Früchte aller Art verkaufen: reife Feigen mit ihrem weichen purpurnen Fleisch, Melonen, die nach Moschus duften und gelb wie Topase sind, Zitronen und Rosenäpfel und Büschel weißer Trauben, runde rotgoldene Orangen und ovale Limonen von grünem Gold. Einmal sah ich einen Elefanten vorüberstapfen. Sein Rüssel war mit Zinnober und Gelbwurz bemalt, und über den Ohren trug er ein Netz aus karmesinroten Seidenschnüren. Vor einer der Buden blieb er stehen und begann die Orangen zu fressen, und der Mann lachte bloß. Du kannst dir nicht vorstellen, was für ein fremdartiges Volk es ist. Wenn sie froh sind, gehen sie zu den Vogelhändlern und kaufen ihnen einen Vogel im Käfig ab und lassen ihn frei, auf dass ihre Freude umso größer sei, und wenn sie traurig sind, geißeln sie sich mit Dornen, auf dass ihr Schmerz nicht gelindert werde.

Eines Abends begegnete ich einigen Negern, die einen schweren Palankin durch den Basar trugen. Er war aus vergoldetem Bambus gemacht, und die Tragstangen waren von zinnoberrotem Lack, mit erzenen Pfauen verziert. Vor den Fenstern hingen dünne Vorhänge aus Musselin, mit Käferflügeln und winzigen Saatperlen bestickt, und als er vorüberkam, blickte eine blassgesichtige Tscherkessin heraus und lächelte mich an. Ich folgte ihr, und die Neger beschleunigten ihre Schritte und blickten finster drein. Aber das scherte mich nicht. Ich spürte, wie eine große Neugier mich überkam.

Schließlich hielten sie vor einem vierkantigen weißen Haus. Es hatte keine Fenster, nur eine kleine Pforte wie die Pforte zu einer Gruft. Sie setzten den Palankin nieder und klopften dreimal mit einem kupfernen Hammer. Ein Armenier in einem Kaftan aus grünem Leder spähte durch die Luke, und als er sie sah, öffnete er und breitete einen Teppich auf den Boden, und die Frau stieg aus. Als sie hineinging, wandte sie sich um und lächelte mich erneut an. Ich hatte noch nie jemanden so blass gesehen.

Als der Mond aufging, kehrte ich zu derselben Stelle zurück und suchte nach dem Haus, aber es war nicht mehr da. Als ich das merkte, wusste ich, wer die Frau war und weshalb sie mich angelächelt hatte.

Gewiss, du hättest bei mir sein sollen. Am Fest des Neumonds kam der junge Kaiser aus seinem Palast und ging in die Moschee, um zu beten. Haupthaar und Barthaar waren mit Rosenblättern gefärbt und seine Wangen mit feinem Goldstaub gepudert. Die Innenflächen seiner Füße und Hände waren gelb von Safran.

Bei Sonnenaufgang trat er in einem Gewand von Silber aus seinem Palast, und bei Sonnenuntergang kehrte er in einem Gewand von Gold zu ihm zurück. Das Volk warf sich zu Boden, und sie verbargen ihre Gesichter, ich aber weigerte mich. Ich stand an der Bude eines Dattelverkäufers und wartete. Als der Kaiser mich erblickte, hob er die gemalten Augenbrauen und blieb stehen. Ich hielt ganz still und huldigte ihm nicht. Das Volk staunte über meine Kühnheit und riet mir, aus der Stadt zu fliehen. Ich achtete ihrer nicht, sondern ging hin und setzte mich zu den Verkäufern fremder Götter, die wegen ihres Gewerbes verabscheut wurden. Als ich ihnen erzählte, was ich getan hatte, gab mir jeder von ihnen einen Gott und bat mich, sie zu verlassen.

Als ich in der Nacht auf einem Kissen im Teehaus ruhte, das in der Straße der Granatäpfel steht, traten die Gardisten des Kaisers herein und führten mich zum Palast. Als ich hineinging, schlossen sie jede Tür hinter mir und legten eine Kette vor. Drinnen befand sich ein großer Hof mit einer Arkade, die ringsum lief. Die Wände waren aus weißem Alabaster, hier und da mit blauen und grünen Fliesen belegt. Die Säulen waren aus grünem Marmor und das Pflaster aus einer Art pfirsichblütenfarbenem Marmor. Nie zuvor hatte ich dergleichen gesehen.

Als ich über den Hof ging, blickten zwei verschleierte Frauen von einem Balkon herab und verfluchten mich. Die Gardisten eilten weiter, und die Schäfte ihrer Lanzen dröhnten auf dem glänzenden Boden. Sie öffneten ein Tor aus geschnitztem Elfenbein, und ich fand mich in einem gewässerten Garten mit sieben Terrassen wieder. Er war mit Tulpenkelchen und Mondblumen und silberbesetzten Aloen bepflanzt. Wie ein schlankes Rohr aus Kristall hing der Strahl eines Springbrunnens in der dämmrigen Luft. Die Zypressen waren wie abgebrannte Fackeln. In einer von ihnen sang eine Nachtigall.

Am Ende des Gartens stand ein kleiner Pavillon. Als wir uns näherten, kamen uns zwei Eunuchen entgegen. Ihre fetten Leiber schwankten beim Gehen, und aus gelblidrigen Augen warfen sie mir neugierige Blicke zu. Einer von ihnen zog den Hauptmann der Garde zur Seite und flüsterte mit leiser Stimme auf ihn ein. Der andere fuhr fort, parfümierte Pastillen zu kauen, die er mit gezierter Gebärde einem ovalen Döschen aus fliederfarbener Emaille entnahm.

Nach einigen Augenblicken ließ der Hauptmann der Garde

die Soldaten abtreten. Sie gingen zurück zum Palast, die Eunuchen folgten ihnen langsam und pflückten im Vorübergehen die süßen Maulbeeren von den Bäumen. Einmal drehte der Ältere von beiden sich um und lächelte mich mit einem bösen Lächeln an.

Dann winkte mich der Hauptmann der Garde zum Eingang des Pavillons. Ohne zu zittern ging ich weiter, zog den schweren Vorhang beiseite und trat ein.

Der junge Kaiser lag hingestreckt auf einem Diwan aus gefärbten Löwenfellen, und auf seinem Handgelenk hockte ein Gerfalke. Hinter ihm stand ein Nubier, nackt bis zur Taille, mit einem Turban aus Messing und schweren Ohrgehängen in den gepaltenen Ohren. Auf einem Tisch neben dem Diwan lag ein mächtiger Krummsäbel aus Stahl.

Als der Kaiser mich erblickte, furchte er die Stirn und sagte zu mir: ›Wie heißt du? Weißt du nicht, dass ich Kaiser dieser Stadt bin?‹ Aber ich gab ihm keine Antwort.

Er wies mit dem Finger auf den Krummsäbel, und der Nubier ergriff ihn, stürzte vor und hieb mit großer Gewalt auf mich ein. Die Schneide sauste durch mich hindurch und verletzte mich nicht. Der Mann fiel ausgestreckt zu Boden, und als er aufstand, klapperte er vor Grausen mit den Zähnen und versteckte sich hinter dem Diwan.

Der Kaiser sprang auf, riss eine Lanze aus einem Waffenständer und warf sie nach mir. Ich fing sie im Fluge auf und zerbrach den Schaft in zwei Teile. Er schoss einen Pfeil auf mich ab, aber ich hob die Hände, und er hing mitten in der Luft.

Dann zog er einen Dolch aus einem Gürtel von weißem Leder und bohrte ihn dem Nubier in die Kehle, damit der Sklave nicht von seiner Schmach berichte. Der Mann wand sich wie eine zertretene Schlange, und roter Schaum perlte von seinen Lippen.

Als er tot war, wandte sich der Kaiser zu mir, und nachdem er sich mit einem Tüchlein aus purpurner Seide, das mit einer Schmuckborte verziert war, den hellen Schweiß von der Stirn gewischt hatte, sagte er zu mir: ›Bist du ein Prophet, dass ich dir nicht schaden, oder der Sohn eines Propheten, dass ich dich nicht verwunden kann? Ich bitte dich, verlasse noch heute Nacht meine Stadt, denn solange du in ihr weilst, bin ich nicht länger ihr Herr.‹

Und ich antwortete ihm: ›Um die Hälfte deines Schatzes will ich gehen. Gib mir die Hälfte deines Schatzes, und ich werde fortgehen.‹

Er nahm mich bei der Hand und führte mich hinaus in den Garten. Als der Hauptmann der Garde mich sah, wunderte er sich. Als die Eunuchen mich sahen, zitterten ihre Knie, und sie fielen voller Furcht zu Boden.

In dem Palast ist ein Gemach, das hat acht Wände aus rotem Porphyr und eine erzgeschuppte Decke, die mit Lampen behängt ist. Der Kaiser berührte eine der Wände, und sie tat sich auf, und wir schritten einen Gang entlang, der von vielen Fackeln erhellt war. In Nischen zu beiden Seiten standen große Weinkrüge, randvoll mit Silberstücken. Als wir die Mitte des Ganges erreichten, sprach der Kaiser das Wort, das nicht gesprochen werden darf, und mittels einer geheimen Feder schwang eine granitene Tür auf, und er schlug die Hände vors Gesicht, damit seine Augen nicht geblendet würden.

Du kannst dir nicht vorstellen, was für ein wundervoller Ort es war. Da waren riesige Schildpattschalen voller Perlen und ausgehöhlte Mondsteine von ungeheurer Größe, vollgehäuft mit roten Rubinen. Das Gold war in Truhen aus Elefantenhäuten gespeichert und der Goldstaub in ledernen Flaschen. Da waren Opale und Saphire, jene in Schalen von Kristall, diese in Schalen von Jade. Runde grüne Smaragde lagen, der Größe nach geordnet, auf dünnen Elfenbeinplatten, und in einer Ecke lehnten seidene Säcke, einige mit Türkisen gefüllt, andere mit Beryllen. Hörner aus Elfenbein waren mit purpurnen Amethysten vollgestopft, und Hörner aus Erz mit Chalzedonen und Sardern. Die Säulen aus Zedernholz waren mit Ketten gelber Luchssteine behangen. Auf flachen, ovalen Schilden lagen Karfunkel, weinrote und grasgrüne. Und doch habe ich dir nur ein Zehntel von dem erzählt, was vorhanden war.

Und als der Kaiser die Hände vom Gesicht genommen hatte, sagte er zu mir: ›Dies ist meine Schatzkammer, und die Hälfte dessen, was darin ist, ist dein, gerade so, wie ich es dir versprochen habe. Und ich will dir Kamele geben und Kameltreiber, und sie sollen tun nach deinem Geheiß und deinen Teil des Schatzes in jede Weltgegend tragen, wohin du auch willst. Und das soll noch heute Nacht geschehen, denn ich will nicht, dass die Sonne, die mein Vater ist, sieht, dass es in meiner Stadt einen Mann gibt, den ich nicht töten kann.‹

Ich aber antwortete ihm: ›Das Gold, das hier liegt, gehört Euch, und auch das Silber gehört Euch, und Euch gehören die kostbaren Edelsteine und die Dinge von Wert. Was mich betrifft, so bedarf ich ihrer nicht. Und ich will von Euch nichts nehmen als den kleinen Ring, den Ihr am Finger Eurer Hand tragt.‹

Und der Kaiser furchte die Stirn. ›Es ist nur ein Ring aus Blei‹, rief er, ›und ohne jeden Wert. Darum nimm die Hälfte des Schatzes und gehe aus meiner Stadt.‹

›Nein‹, erwiderte ich, ›ich will nichts nehmen als diesen bleiernen Ring, denn ich weiß, was darin geschrieben steht und zu welchem Zweck.‹

Und der Kaiser erschauerte und beschwor mich und sagte: ›Nimm den ganzen Schatz und gehe aus meiner Stadt. Auch die Hälfte, die mir gehört, soll dein sein.‹

Und ich tat etwas Merkwürdiges, doch was ich tat, tut nichts zur Sache, denn in einer Höhle, nur eine Tagesreise von hier entfernt, habe ich den Ring des Reichtums versteckt. Es ist nur eine Tagesreise von hier, und er wartet auf dein Kommen. Wer diesen Ring besitzt, ist reicher als alle Könige der Welt. Darum komm und nimm ihn, und die Reichtümer der Welt sollen dein sein.«

Aber der junge Fischer lachte. »Liebe ist besser als Reichtum«, rief er, »und die kleine Meerjungfrau liebt mich.«

»Nein, es gibt nichts Besseres als den Reichtum«, sprach die Seele.

»Die Liebe ist besser«, antwortete der junge Fischer, und er stürzte sich in die Tiefe, und die Seele ging weinend über die Sümpfe davon.

Und als das dritte Jahr um war, kam die Seele herab ans Ufer des Meeres und rief nach dem jungen Fischer, und er stieg aus der Tiefe empor und fragte: »Warum rufst du nach mir?«

Und die Seele antwortete: »Tritt näher, dass ich mit dir reden kann, denn wundersame Dinge habe ich gesehen.«

Also trat er näher und kauerte im seichten Wasser und lehnte den Kopf in die Hand und lauschte.

Und die Seele sprach zu ihm: »In einer Stadt, die ich kenne, steht ein Gasthaus an einem Fluss. Dort saß ich mit Seeleuten, die tranken zweierleifarbene Weine und aßen Gerstenbrot und kleine gesalzene Fische, die wurden auf Lorbeerblättern mit Essig gereicht. Und wie wir so saßen und lustig waren, da trat ein alter Mann zu uns herein, der trug einen ledernen Teppich und eine Laute mit zwei Schnecken aus Bernstein. Und als er den Teppich auf den Fußboden gebreitet hatte, schlug er mit einem Federkiel die Drahtsaiten seiner Laute, und ein Mädchen, dessen Gesicht verschleiert war, kam hereingelaufen und begann vor uns zu tanzen. Ihr Gesicht war mit einem Gazeschleier verhüllt, aber ihre Füße waren nackt. Nackt waren ihre Füße, und sie flogen über den Teppich wie weiße Täubchen. Niemals habe ich etwas so Wunderbares gesehen, und die Stadt, in der sie tanzt, ist nur eine Tagesreise von hier entfernt.«

Als nun der junge Fischer die Worte seiner Seele vernahm, musste er daran denken, dass die kleine Meerjungfrau keine

Füße hatte und nicht tanzen konnte. Und ein großes Verlangen überkam ihn, und er sagte bei sich: »Es ist nur eine Tagesreise, und ich kann zu meiner Liebsten zurückkehren«, und er lachte und erhob sich aus dem seichten Wasser und schritt ans Ufer.

Und als er das trockene Ufer erreichte, lachte er abermals und streckte seiner Seele die Arme entgegen. Und seine Seele stieß einen lauten Freudenschrei aus und lief ihm entgegen und trat in ihn ein, und vor sich auf dem Sand sah der junge Fischer den Schatten des Körpers hingebreitet, der der Körper der Seele ist.

Und seine Seele sprach zu ihm: »Lass uns nicht säumen, sondern lass uns gleich fortgehen, denn die Meeresgötter sind eifersüchtig und haben Ungeheuer, die tun nach ihrem Geheiß.«

So beeilten sie sich, und die ganze Nacht wanderten sie unter dem Mond, und den ganzen nächsten Tag wanderten sie unter der Sonne, und am Abend dieses Tages kamen sie zu einer Stadt.

Und der junge Fischer sagte zu seiner Seele: »Ist dies die Stadt, in der sie tanzt, von der du mir gesprochen hast?«

Und die Seele antwortete ihm: »Es ist diese Stadt nicht, sondern eine andere. Dennoch lass uns hineingehen.«

So gingen sie hinein und schritten durch die Straßen, und als sie durch die Straße der Juwelenhändler kamen, sah der junge Fischer in einer Bude einen schönen Silberbecher ausgestellt. Und seine Seele sprach zu ihm: »Nimm diesen Silberbecher und verbirg ihn.«

Da nahm er den Becher und verbarg ihn in den Falten seines Überkleids, und eilends gingen sie zur Stadt hinaus.

Und nachdem sie eine Meile aus der Stadt gegangen waren, machte der junge Fischer ein finsteres Gesicht, schleuderte den Becher von sich und sagte zu seiner Seele: »Warum hast du mir gesagt, ich soll den Becher nehmen und ihn verbergen? Denn das war eine böse Tat.«

Seine Seele aber antwortete ihm: »Sei still, sei still!«

Und am Abend des zweiten Tages kamen sie zu einer Stadt, und der junge Fischer sagte zu seiner Seele: »Ist dies die Stadt, in der sie tanzt, von der du mir gesprochen hast?«

Und seine Seele antwortete ihm: »Es ist diese Stadt nicht, sondern eine andere. Dennoch lass uns hineingehen.«

So gingen sie hinein und schritten durch die Straßen, und als sie durch die Straße der Sandalenverkäufer kamen, sah der junge Fischer ein Kind neben einem Krug Wasser stehen. Und seine Seele sprach zu ihm: »Schlage dieses Kind.« Da schlug er das Kind, bis es weinte, und als er dies getan hatte, gingen sie eilends zur Stadt hinaus.

Und nachdem sie eine Meile aus der Stadt gegangen waren, wurde der junge Fischer zornig und sagte zu seiner Seele: »Warum hast du mir gesagt, ich soll das Kind schlagen? Denn das war eine böse Tat.«

Seine Seele aber antwortete ihm: »Sei still, sei still.«

Und am Abend des dritten Tages kamen sie zu einer Stadt, und der junge Fischer sagte zu seiner Seele: »Ist dies die Stadt, in der sie tanzt, von der du mir gesprochen hast?«

Und seine Seele antwortete ihm: »Mag sein, dass dies die Stadt ist, darum lass uns hineingehen.«

So gingen sie hinein und schritten durch die Straßen, doch nirgends konnte der junge Fischer den Fluss finden oder das Gasthaus, das an seinem Ufer stand. Und das Volk in der Stadt musterte ihn neugierig, und er bekam es mit der Angst zu tun und sagte zu seiner Seele: »Lass uns fortgehen, denn sie, die auf weißen Füßen tanzt, ist nicht hier.«

Seine Seele aber antwortete: »Nein, lass uns verweilen, denn die Nacht ist finster, und auf dem Weg lauern die Räuber.«

So setzte er sich nieder auf dem Marktplatz und ruhte, und nach einer Weile kam ein Kaufmann mit einer Kapuze vorüber, der trug einen Mantel aus tatarischem Tuch und hielt am Ende eines gegliederten Schilfrohrs eine Laterne aus durchbrochenem Horn. Und der Kaufmann sagte zu ihm: »Warum sitzt du auf dem Marktplatz, da du doch siehst, dass die Buden geschlossen sind und die Ballen verschnürt?«

Und der junge Fischer antwortete ihm: »Ich kann in dieser Stadt kein Gasthaus finden, noch habe ich einen Verwandten, der mir Obdach gewährt.«

»Sind wir nicht alle verwandt?«, fragte der Kaufmann. »Und hat nicht *ein* Gott uns erschaffen? Darum komme mit mir, denn ich habe ein Zimmer für Gäste.«

Also stand der junge Fischer auf und folgte dem Kaufmann zu seinem Haus. Und als er durch einen Garten mit Granatapfelbäumen gegangen und ins Haus getreten war, da brachte der Kaufmann ihm Rosenwasser in einer kupfernen Schüssel, damit er sich die Hände waschen, und reife Melonen, damit er seinen Durst löschen konnte, und setzte ihm eine Schale Reis und ein Stück gebratenes Zicklein vor.

Und als er aufgegessen hatte, führte ihn der Kaufmann in das Zimmer für Gäste und wünschte ihm eine gute Nachtruhe. Und der junge Fischer dankte ihm und küsste den Ring an seiner Hand und warf sich nieder auf die Teppiche aus gefärbtem Ziegenhaar. Und nachdem er sich mit einer Decke aus schwarzer Lammwolle zugedeckt hatte, fiel er in Schlaf.

Und drei Stunden vor dem Morgengrauen, als es noch Nacht war, weckte ihn seine Seele und sprach zu ihm: »Steh auf und gehe in das Zimmer des Kaufmanns, in das Zimmer, in dem er schläft, und erschlage ihn und nimm ihm sein Gold, denn wir brauchen es.«

Und der junge Fischer stand auf und schlich sich in das Zimmer des Kaufmanns, und über den Füßen des Kaufmanns lag ein Krummsäbel, und auf der flachen Schale neben dem Kaufmann lagen neun Säckel Gold. Und er streckte die Hand aus und berührte den Säbel, und als er ihn berührte, schrak der Kaufmann auf und erwachte, und indem er aufsprang, ergriff er selbst den Säbel und rief zu dem jungen Fischer: »Vergiltst du so Gutes mit Bösem und zahlst mit Blutvergießen für die Güte, die ich dir erwiesen habe?«

Und die Seele sprach zu dem jungen Fischer: »Schlage ihn«, und er schlug ihn so fest, dass er in Ohnmacht sank, und dann riss er die neun Säckel Gold an sich und floh hastig durch den

Garten mit Granatapfelbäumen und wandte sein Gesicht dem Stern zu, der da ist der Morgenstern.

Und als sie eine Meile aus der Stadt gegangen waren, schlug sich der junge Fischer an die Brust und sagte zu seiner Seele: »Warum hast du mir befohlen, den Kaufmann zu erschlagen und sein Gold zu rauben? Wahrhaftig, du bist verrucht.«

Seine Seele aber antwortete ihm: »Sei still, sei still.«

»Nein«, rief der junge Fischer, »ich kann nicht still sein, denn alles, was du mir zu tun befohlen hast, ist mir verhasst. Auch du bist mir verhasst, und ich befehle dir, mir zu sagen, warum du auf diese Weise an mir gehandelt hast.«

Und seine Seele antwortete ihm: »Als du mich fortgeschickt hast in die Welt, gabst du mir kein Herz, und so lernte ich, all diese Dinge zu tun, und tue sie mit Freuden.«

»Was sagst du da?«, murmelte der junge Fischer.

»Du weißt es«, antwortete seine Seele, »du weißt es wohl. Hast du vergessen, dass du mir kein Herz gegeben hast? Doch wohl nicht. Darum quäle weder dich noch mich, sondern sei still, denn da ist kein Schmerz, den du nicht zufügen, noch irgendeine Lust, die du nicht empfangen wirst.«

Und als der junge Fischer diese Worte vernahm, erschauerte er und sagte zu seiner Seele: »Nein, du bist verrucht und hast mich meine Liebe vergessen lassen und mich versucht mit Versuchungen und meine Füße auf die Wege der Sünde gelenkt.«

Und seine Seele antwortete ihm: »Du hast nicht vergessen,

dass du mir kein Herz gabst, als du mich fortgeschickt hast in die Welt. Komm, lass uns in eine andere Stadt gehen und lustig sein, denn wir haben neun Säckel Gold.«

Aber der junge Fischer nahm die neun Säckel Gold und warf sie zu Boden und stampfte auf ihnen herum.

»Nein«, rief er, »ich will mit dir nichts zu tun haben, noch will ich mit dir irgendwohin wandern, sondern genau so, wie ich dich zuvor weggeschickt habe, will ich dich auch jetzt wegschicken, denn du hast nichts Gutes über mich gebracht.« Und er wandte den Rücken zum Mond, und mit dem kleinen Messer, dessen Griff aus grüner Vipernhaut war, versuchte er, rings um seine Füße den Schatten des Körpers abzuschneiden, der der Körper der Seele ist.

Doch seine Seele rührte sich nicht von ihm, noch achtete sie seines Befehls, sondern sprach zu ihm: »Der Zauber, den die Hexe dir verriet, nützt dir nichts mehr, denn ich kann dich nicht verlassen, noch kannst du mich verjagen. Einmal im Leben kann ein Mensch seine Seele wegschicken, aber wer seine Seele wiederempfängt, der muss sie für immer bei sich behalten, und das ist seine Strafe und sein Lohn.«

Und der junge Fischer erbleichte und ballte die Fäuste und rief: »Sie war eine falsche Hexe, dass sie es mir nicht gesagt hat.«

»Nein«, antwortete seine Seele, »Ihm, den sie anbetet und dessen Dienerin sie für immer sein wird, war sie treu.«

Und als der junge Fischer erkannte, dass er seiner Seele nicht mehr ledig werden konnte und dass es eine verruchte

Seele war und sie für immer in ihm wohnen würde, fiel er zu Boden und weinte bitterlich.

Und als es Tag wurde, erhob sich der junge Fischer und sagte zu seiner Seele: »Ich will meine Hände binden, damit ich nicht tue nach deinem Geheiß, und meine Lippen verschließen, damit ich deine Worte nicht spreche, und ich will zurückkehren an den Ort, wo sie, die ich liebe, ihre Wohnstatt hat. Ans Meer will ich zurückkehren und zu der kleinen Bucht, wo sie zu singen pflegt, und ich will nach ihr rufen und ihr das Böse beichten, das ich getan habe, und das Böse, das du über mich gebracht hast.«

Und seine Seele versuchte ihn und sprach: »Wer ist deine Liebste, dass du zu ihr zurückkehren solltest? Die Welt hat viele, die schöner sind als sie. Da sind die Tänzerinnen von Samaris, die nach Art aller Vögel und aller Tiere tanzen. Ihre Füße sind mit Henna gefärbt, und in den Händen halten sie kupferne Glöckchen. Sie lachen, wenn sie tanzen, und ihr Lachen ist so klar wie das Lachen des Wassers. Komme mit mir, und ich will sie dir zeigen. Denn was quälst du dich um die sündhaften Dinge? Ist nicht das, was angenehm zu essen ist, für den Essenden gemacht? Ist etwa Gift in dem, was süß zu trinken ist? Quäle dich nicht, sondern komme mit mir in eine andere Stadt. Es gibt eine kleine Stadt ganz in der Nähe, darin ist ein Garten mit Tulpenbäumen. Und dort in diesem lieblichen Garten leben weiße Pfauen und Pfauen mit blauen Brüsten. Ihre Schwänze, wenn sie sie vor der Sonne zum Rad aufstellen, sind wie Scheiben aus Elfenbein und wie Scheiben aus

Gold. Und sie, die sie füttert, tanzt zu ihrem Vergnügen, und manchmal tanzt sie auf ihren Händen, und zu anderen Zeiten tanzt sie auf ihren Füßen. Ihre Augen sind mit Stibium gefärbt, und ihre Nasenflügel sind geschwungen wie die Schwingen einer Schwalbe. Von einem Häkchen in einem ihrer Nasenflügel hängt eine Blüte herab, die ist aus einer Perle geschnitzt. Sie lacht, wenn sie tanzt, und die silbernen Spangen, die sie über den Knöcheln trägt, klingen wie Glöckchen aus Silber. Darum quäle dich nicht mehr, sondern komme mit mir in diese Stadt.«

Aber der junge Fischer antwortete seiner Seele nicht, sondern verschloss seine Lippen mit dem Siegel des Schweigens und band seine Hände mit einer straffen Fessel und wanderte zurück an den Ort, von dem er gekommen war, und zu der kleinen Bucht, wo seine Liebste zu singen pflegte. Und auf dem Weg versuchte seine Seele ihn immerzu, er aber gab keine Antwort, noch führte er irgendeine der Bosheiten aus, die sie ihn tun hieß, so groß war die Macht der Liebe, die in ihm war.

Und als er das Ufer des Meeres erreicht hatte, löste er die Fessel von seinen Händen und nahm das Siegel des Schweigens von seinen Lippen und rief nach der kleinen Meerjungfrau. Aber sie folgte seinem Rufe nicht, obgleich er sie den ganzen Tag lang rief und beschwor.

Und seine Seele verhöhnte ihn und sprach: »Wahrhaftig, du hast nur wenig Freude von deiner Liebe. Du bist wie einer, der zu Zeiten der Dürre Wasser in ein zerbrochenes Gefäß gießt. Du gibst weg, was du besitzt, und nichts wird dir zum

Dank dafür gegeben. Es wäre besser für dich, du kämest mit mir, denn ich weiß, wo das Tal der Freuden liegt und welche Dinge dort geschehen.«

Aber der junge Fischer antwortete seiner Seele nicht, sondern baute sich in einem Felsspalt eine Hütte aus Flechtwerk und wohnte dort für die Dauer eines Jahres. Und jeden Morgen rief er nach der Meerjungfrau, und jeden Mittag rief er wieder nach ihr, und zur Nachtzeit nannte er ihren Namen. Doch niemals hob sie sich ihm aus dem Meer entgegen, und an keiner Stelle des Meeres konnte er sie finden, obgleich er nach ihr suchte in den Grotten und im grünen Wasser, in den Brandungstümpeln und in den Brunnen, die auf dem Grunde der Tiefe sind.

Und immerzu versuchte ihn seine Seele mit Bösem und flüsterte ihm von schrecklichen Dingen. Doch sie obsiegte nicht, so groß war die Macht seiner Liebe.

Und als das Jahr um war, da dachte die Seele bei sich: »Ich habe meinen Herrn mit Bösem versucht, und seine Liebe ist stärker als ich. Nun will ich ihn mit Gutem versuchen, vielleicht kommt er dann mit mir.«

Also sprach sie zu dem jungen Fischer und sagte: »Ich habe dir von den Freuden der Welt erzählt, und du hast mir ein taubes Ohr geliehen. Erlaube mir nun, dir vom Schmerz in der Welt zu erzählen, vielleicht wirst du mich dann anhören. Denn in Wahrheit ist der Schmerz Herr über die Welt, keinen gibt es, der seinem Netz entgeht. Es gibt welche, denen mangelt es an Kleidung, und andere, denen mangelt es an Brot. Es gibt Witwen, die sitzen in Purpur, und Witwen, die sitzen in Lumpen. In den Sümpfen ziehen die Aussätzigen auf und ab, und sie sind grausam zueinander. Die Bettler wandern die Landstraßen auf und ab, und ihre Beutel sind leer. Durch die Straßen der Städte schleicht der Hunger, und vor ihren Toren sitzt die Pest. Komm, lass uns fortgehen und diese Dinge verbessern und Abhilfe schaffen. Warum solltest du hier verweilen und nach deiner Liebsten rufen, da sie doch deinem Rufe nicht folgt? Und was ist schon die Liebe, dass du sie so hoch schätzen solltest?«

Aber der junge Fischer antwortete nicht, so groß war die Macht seiner Liebe. Und jeden Morgen rief er nach der Meerjungfrau, und jeden Mittag rief er wieder nach ihr, und zur Nachtzeit nannte er ihren Namen. Doch niemals hob sie sich ihm aus dem Meer entgegen, und an keiner Stelle des Meeres konnte er sie finden, obgleich er nach ihr suchte in den Flüssen des Meeres und in den Tälern, die unter den Wogen liegen, im Meer, das die Nacht purpurn färbt, und im Meer, das die Dämmerung grau färbt.

Und als das zweite Jahr um war, sprach die Seele des Nachts zu dem jungen Fischer, als er allein in seiner Hütte aus Flechtwerk saß: »Siehe!, nun habe ich dich mit Bösem versucht, und ich habe dich mit Gutem versucht, und deine Liebe ist stärker als ich. Darum will ich dich nicht länger versuchen, sondern bitte dich, mich in dein Herz eintreten zu lassen, dass ich eins mit dir werde geradeso wie zuvor.«

»Gewiss darfst du in mich eintreten«, sagte der junge Fischer, »denn in den Tagen, da du ohne ein Herz durch die Welt zogst, musst du sehr gelitten haben.«

»Ach!«, rief seine Seele. »Ich kann nicht Einlass finden, so umfangen von Liebe ist dein Herz.«

»Und doch wünschte ich, ich könnte dir helfen«, sagte der junge Fischer.

Und als er sprach, da ertönte aus dem Meer ein lauter Schrei der Trauer, geradeso wie der Schrei, den die Menschen hören, wenn einer aus dem Meervolk gestorben ist. Und der junge Fischer sprang auf und verließ seine Hütte aus Flechtwerk und lief hinab ans Ufer. Und die schwarzen Wogen eilten ans Ufer und trugen mit sich eine Last, die war weißer als Silber. Weiß wie die Brandung war sie, und wie eine Blüte schwankte sie auf den Wogen. Und die Brandung nahm sie von den Wogen, und die Gischt nahm sie von der Brandung, und das Ufer empfing sie, und zu seinen Füßen sah der junge Fischer den Leib der kleinen Meerjungfrau liegen. Tot lag sie zu seinen Füßen.

Weinend wie einer, den der Schmerz überwältigt, warf er sich neben ihr nieder, und er küsste das kalte Rot des Mundes und spielte mit dem nassen Gelb des Haares. Er warf sich neben ihr nieder auf den Sand, weinend wie einer, der vor Lust erzittert, und mit seinen braunen Armen drückte er sie an seine Brust. Kalt waren die Lippen, doch er küsste sie. Salzig war der Honig des Haares, doch er kostete ihn mit bitterer Lust. Er küsste die geschlossenen Lider, und die wilde Gischt, die auf ihren Augenkelchen lag, schmeckte weniger salzig als seine Tränen.

Und dem toten Geschöpf legte er die Beichte ab. In die Muscheln ihrer Ohren goss er den bitteren Wein seiner Geschichte. Er legte sich die kleinen Hände um den Nacken, und mit seinen Fingern berührte er das schlanke Rohr des Halses. Bitter, bitter war seine Lust und voll seltsamer Heiterkeit sein Schmerz.

Das schwarze Meer wälzte sich heran, und die weiße Gischt stöhnte wie ein Aussätziger. Mit weißen Klauen von Gischt griff das Meer nach dem Ufer. Aus dem Palast des Meerkönigs ertönte wieder der Schrei der Trauer, und weit draußen auf dem Meer stießen die großen Tritonen heiser in ihre Hörner.

»Fliehe«, sprach seine Seele, »denn immer näher rückt das Meer, und wenn du säumst, so wird es dich zerschmettern. Fliehe, denn mir ist bang, da dein Herz sich gegen mich verschlossen hat dank der Größe deiner Liebe. Fliehe an einen sicheren Ort. Gewiss willst du mich nicht ohne Herz in eine andere Welt schicken?«

Aber der junge Fischer hörte nicht auf seine Seele, sondern rief nach der kleinen Meerjungfrau und sagte: »Liebe ist besser als Weisheit und kostbarer als Reichtum und schöner als die Füße der Menschentöchter. Die Feuer können sie nicht zerstören und die Wasser sie nicht löschen. Ich rief dich im Morgendämmer, und du bist meinem Ruf nicht gefolgt. Der Mond hörte deinen Namen, und doch hast du meiner nicht geachtet. Denn böswillig habe ich dich verlassen, und zu meinem eigenen Schaden wanderte ich davon. Und doch hat deine Liebe stets in mir gewohnt, und immer war sie stark, und nichts hat gegen sie obsiegt, obgleich ich das Böse gesehen habe und das Gute. Und nun, da du tot bist, will ich gewiss mit dir sterben.«

Und seine Seele beschwor ihn, aufzubrechen, er aber weigerte sich, so groß war seine Liebe. Und das Meer rückte näher und suchte ihn mit seinen Wogen zu bedecken, und als er merkte, dass sein Ende bevorstand, küsste er mit irren Lippen die kalten Lippen der Meerjungfrau, und das Herz, das in ihm war, brach. Und als das Herz ihm brach, durch die Fülle seiner Liebe, da fand die Seele Einlass und trat in ihn ein und wurde eins mit ihm geradeso wie zuvor. Und das Meer bedeckte den jungen Fischer mit seinen Wogen.

Und am Morgen zog der Priester hinaus, um das Meer zu segnen, denn es war unruhig gewesen. Und mit ihm gingen die Mönche und Musikanten und die Kerzenträger und Weihrauchschwenker und ein großes Gefolge.

Und als der Priester ans Ufer gelangte, da sah er den jungen Fischer ertrunken in der Brandung liegen, und in seinen Armen lag der Leichnam der kleinen Meerjungfrau. Und er wich zurück mit finsterer Miene, und nachdem er das Zeichen des Kreuzes gemacht hatte, rief er laut und sagte: »Ich will nicht segnen das Meer noch irgendetwas, das in ihm ist. Verflucht sei das Meervolk, und verflucht seien alle, die mit ihm verkehren. Und was ihn betrifft, der sich um der Liebe willen von Gott abgekehrt hat und der hier liegt mit seiner Buhle, gerichtet durch Gott, so nehmt seinen Leichnam und den Leichnam seiner Buhle und verscharrt sie in einem Winkel des Schindackers und setzt ihnen kein Grabmal noch irgendein Zeichen, auf dass niemand ihre Ruhestätte kenne. Denn verflucht waren sie in ihrem Leben, und verflucht sollen sie sein in ihrem Tod.«

Und das Volk tat, wie er ihm befohlen hatte, und in einem Winkel des Schindackers, wo keine süßen Kräuter wuchsen, gruben sie eine tiefe Grube und legten die Toten hinein.

Und als das dritte Jahr um war, an einem Tag, der ein heiliger Tag war, ging der Priester hinauf zur Kapelle, um dem Volk die Wunden des Herrn zu zeigen, und sprach zu ihnen über den Zorn Gottes.

Und als er sich in seine Gewänder gewandet hatte und eingetreten war und sich vor dem Altar verneigte, da sah er, dass der Altar mit seltsamen Blumen bedeckt war, wie er sie nie zuvor gesehen hatte. Seltsam waren sie anzusehen und von sonderbarer Schönheit, und ihre Schönheit quälte ihn, und ihr Duft stieg ihm süß in die Nase. Und er war froh und verstand nicht, warum er froh war.

Und nachdem er das Tabernakel geöffnet und die Monstranz, die darin stand, mit Weihrauch besprengt und dem Volk die liebliche Hostie gezeigt und sie wieder hinter dem Schleier der Schleier verborgen hatte, da begann er zum Volk zu reden und wollte zu ihm sprechen über den Zorn Gottes. Aber die Schönheit der weißen Blumen quälte ihn, und ihr Duft stieg ihm süß in die Nase, und es kam ihm ein anderes Wort auf die Lippen, und er sprach nicht über den Zorn Gottes, sondern über den Gott, dessen Name Liebe ist. Und warum er so sprach, das wusste er nicht.

Und als er seine Predigt beendet hatte, weinte alles Volk, und der Priester ging zurück in die Sakristei, und seine Augen standen voller Tränen. Und die Diakone kamen herein und begannen ihn zu entkleiden und nahmen ihm die Albe ab und den Gürtel, den Manipel und die Stola. Und er stand da wie einer im Traum.

Und nachdem sie ihm die Gewänder abgenommen hatten, betrachtete er sie und sagte: »Was sind das für Blumen, die da auf dem Altar liegen, und woher kommen sie?«

Und sie antworteten ihm: »Was für Blumen es sind, können wir nicht sagen, aber sie kommen aus dem Winkel des Schindackers.« Und der Priester zitterte und kehrte zurück in sein Haus und betete.

Und am Morgen, als es noch dämmerte, zog er hinaus mit den Mönchen und Musikanten und den Kerzenträgern und Weihrauchschwenkern und einem großen Gefolge und ging ans Ufer des Meeres und segnete das Meer und all die wilden Geschöpfe, die in ihm sind. Auch die Faune segnete er und die kleinen Wesen, die in der Waldung tanzen, und die helläugigen Geschöpfe, die durch die Blätter spähen. Alle Geschöpfe in Gottes Welt segnete er, und das Volk war von Freude und Staunen erfüllt. Doch in dem Winkel des Schindackers wuchsen nie wieder Blumen irgendwelcher Art, sondern der Acker blieb unfruchtbar geradeso wie zuvor. Und auch das Meervolk kam nicht mehr in die Bucht, wie es seine Gewohnheit war, denn es zog in eine andere Gegend des Meeres.

Das Sternenkind

Es waren einmal zwei arme Holzfäller, die bahnten sich ihren Heimweg durch einen großen Tannenwald. Es war Winter und eine bitterkalte Nacht. Auf dem Erdboden und auf den Ästen der Bäume lag dichter Schnee: Der Frost knickte zu beiden Seiten immer wieder kleine Zweige ab, als sie vorübergingen; und als sie zum Wasserfall kamen, hing dieser reglos in der Luft, denn der Eiskönig hatte ihn geküsst.

So kalt war es, dass selbst die Tiere und die Vögel nicht wussten, was sie davon halten sollten.

»Huh!«, knurrte der Wolf, als er, den Schwanz zwischen den Beinen, durchs Unterholz hinkte, »dies ist ein wahrhaft scheußliches Wetter. Warum kümmert sich die Regierung nicht darum?«

»Twit! Twit! Twit!«, zwitscherten die Grünfinken. »Die alte Erde ist tot, und man hat sie aufgebahrt in ihrem weißen Leichentuch.«

»Die Erde will sich vermählen, und dies ist ihr Brautkleid«, gurrten die Turteltauben einander zu. Ihre kleinen rosafarbenen Füßchen waren schon fast ganz erfroren, aber sie hielten es für ihre Pflicht, die Lage in romantischem Licht zu betrachten.

»Unfug!«, grollte der Wolf. »Ich sage euch, allein die Regierung hat daran schuld, und wenn ihr mir nicht glaubt, so fresse ich euch auf.« Der Wolf hatte einen gänzlich praktischen Verstand und war nie um ein treffendes Argument verlegen.

»Nun, ich für mein Teil«, sagte der Specht, der ein geborener Philosoph war, »ich gebe keine Atomtheorie auf eine Erklärung. Ein Ding ist so, wie es ist, und zur Zeit ist es furchtbar kalt.«

Furchtbar kalt war es gewiss. Die kleinen Eichkätzchen, die im Innern der hohen Tanne wohnten, rieben einander immerzu die Näschen, um sich warm zu halten, und die Kaninchen rollten sich in ihren Löchern zusammen und wagten sich nicht einmal ins Freie, um sich umzuschauen. Die einzigen Geschöpfe, die sich zu vergnügen schienen, waren die großen Horneulen. Ihre Federn waren ganz starr vor Reif, aber sie scherten sich nicht darum, und sie rollten ihre großen gelben Augen und schrien einander durch den Wald zu: »Uhuh! Schuhuh! Uhuh! Schuhuh! was für ein herrliches Wetterchen!«

Weiter und weiter gingen die beiden Holzfäller, bliesen sich kräftig auf die Finger und stapften mit ihren großen eisenbeschlagenen Stiefeln durch den verkrusteten Schnee. Einmal versanken sie in einer tiefen Schneewehe, und als sie wieder hervorkamen, waren sie weiß wie die Müller, wenn die Mühlsteine mahlen; und einmal rutschten sie auf dem harten, glatten Eis aus, zu dem das Sumpfwasser gefroren war, und ihr Reisig fiel ihnen aus den Bündeln, und sie mussten es aufklauben und wieder zusammenbinden; und einmal glaubten sie, sich verirrt zu haben, und großer Schrecken befiel sie, denn sie wussten, dass die Schneefrau grausam ist zu denen, die in ihren Armen schlafen. Aber sie setzten ihr Vertrauen in den guten heiligen Martin, der über alle Reisenden wacht, und folgten ihren eigenen Fußstapfen und gingen vorsichtig weiter, und zuletzt erreichten sie den Saum des Waldes und sahen, weit unten im Tal vor ihnen, die Lichter des Dorfes, in dem sie wohnten.

So überglücklich waren sie über ihre Rettung, dass sie laut auflachten, und die Erde erschien ihnen wie eine Blume aus Silber und der Mond wie eine Blume aus Gold.

Doch nachdem sie gelacht hatten, wurden sie traurig, denn sie entsannen sich ihrer Armut, und der eine von ihnen sagte zum anderen: »Warum waren wir lustig, da doch das Leben für die Reichen ist und nicht für solche, wie wir es sind? Besser, wir wären im Wald vor Kälte umgekommen, oder ein wildes Tier hätte uns angefallen und zerrissen.«

»Wahrhaftig«, antwortete sein Gefährte, »einigen wird viel gegeben, und anderen wird wenig gegeben. Das Unrecht hat die Welt gespalten, und nichts ist gleich verteilt als wie der Kummer.«

Doch wie sie einander so ihr Elend klagten, geschah etwas Sonderbares. Vom Firmament fiel ein sehr heller und schöner Stern. Er glitt seitlich am Himmel herab, flog auf seiner Bahn an den anderen Sternen vorbei, und als sie ihn staunend beobachteten, schien er hinter einer Gruppe von Weidenbäumen herniederzusinken, die dicht bei einer kleinen Schafhürde standen, nicht weiter als einen Steinwurf entfernt.

»Nanu! da liegt ein Topf Gold für den, der ihn findet«, riefen sie, und sie liefen los und rannten, so begierig waren sie auf das Gold.

Und der eine von ihnen rannte schneller als sein Genosse und überflügelte ihn und bahnte sich einen Weg durch die Weiden und kam auf der anderen Seite heraus, und siehe!, da lag wirklich etwas Goldenes im weißen Schnee. So eilte er darauf zu, beugte sich nieder und legte die Hände darauf, und es war ein Mantel aus Goldgespinst, wundersam mit Sternen durchwirkt und in viele Falten geschlagen. Und er rief seinem Kameraden zu, er habe den Schatz gefunden, der vom Himmel gefallen sei, und als sein Kamerad herbeigekommen war, setzten sie sich in den Schnee und schlugen die Falten des Mantels auseinander, um die Goldstücke aufzuteilen. Aber ach!, weder Gold noch Silber war darin noch überhaupt irgendein Schatz, sondern nur ein kleines Kind, das schlief.

Und der eine von ihnen sagte zum anderen: »Das ist ein bitteres Ende unserer Hoffnung, und wir haben kein Glück, denn was nützt einem Mann ein Kind? Wir wollen es hier liegen lassen und unseres Weges gehen, da wir doch arme Männer sind und eigene Kinder haben, deren Brot wir keinem anderen geben dürfen.«

Sein Gefährte aber antwortete ihm: »Nein, es wäre von Übel, das Kind hier im Schnee umkommen zu lassen, und bin ich auch so arm wie du und habe viele Mäuler zu stopfen und nur wenig im Topf, so will ich es doch mit mir nach Hause tragen, und mein Weib soll sich seiner annehmen.«

So hob er das Kind ganz zärtlich auf und umhüllte es mit dem Mantel, um es vor der strengen Kälte zu schützen, und machte sich auf den Weg den Hügel hinab zum Dorf, und sein

Kamerad staunte sehr über seine Torheit und Weichherzigkeit.

Und als sie zum Dorf kamen, sagte sein Kamerad zu ihm: »Du hast das Kind, darum gib mir den Mantel, denn es schickt sich, dass wir sollen teilen.«

Der andere aber antwortete ihm: »Nein, denn der Mantel gehört weder mir noch dir, sondern dem Kind allein«, und er wünschte ihm viel Glück, ging zu seinem Haus und klopfte an.

Und als sein Weib die Tür öffnete und sah, dass ihr Mann unversehrt zu ihr zurückgekehrt war, schlang sie die Arme um seinen Hals und küsste ihn und nahm ihm das Reisigbündel vom Rücken und bürstete den Schnee von seinen Stiefeln und hieß ihn eintreten.

Er aber sagte zu ihr: »Ich habe im Wald etwas gefunden, und ich habe es dir mitgebracht, dass du dich seiner annimmst«, und rührte sich nicht von der Schwelle.

»Was ist es?«, rief sie. »Zeige es mir, denn das Haus ist nackt, und wir brauchen viele Dinge.« Und er schlug den Mantel zurück und zeigte ihr das schlummernde Kind.

»O weh, Ehemann!«, murrte sie. »Haben wir nicht genug eigene Kinder, dass du unbedingt einen Wechselbalg mitbringen musst, der mit uns am Herd sitzt? Und wer weiß, ob er uns nicht Unglück bringt? Und wie sollen wir ihn versorgen?« Und sie zürnte ihm.

»Es ist doch ein Sternenkind«, antwortete er; und er erzählte ihr von dem seltsamen Fund.

Sie aber ließ sich nicht besänftigen, sondern verhöhnte ihn und sprach im Zorn und rief: »Unseren Kindern mangelt es an Brot, und wir sollen das Kind eines anderen nähren? Wer kümmert sich um uns? Und wer gibt uns Nahrung?«

»Unser himmlischer Vater sorgt für die Sperlinge sogar und nährt sie doch«, antwortete er.

»Müssen nicht die Sperlinge im Winter des Hungers sterben?«, fragte sie. »Und ist jetzt nicht Winter?« Und der Mann erwiderte nichts und rührte sich nicht von der Schwelle.

Und vom Wald wehte ein bitterer Wind zur offenen Tür herein und ließ sie frösteln, und sie schauderte und sagte zu ihm: »Willst du nicht die Türe schließen? Ein bitterer Wind weht ins Haus, und mich friert.«

»In ein Haus, wo ein hartes Herz ist, weht da nicht immer ein bitterer Wind?«, fragte er. Und die Frau erwiderte nichts, sondern rückte näher ans Feuer.

Und nach einer Weile wandte sie sich um und sah ihn an, und ihre Augen standen voller Tränen. Und er kam geschwind herein und legte das Kind in ihre Arme, und sie küsste es und legte es in ein kleines Bettchen, wo schon das jüngste ihrer eigenen Kinder lag. Und am Morgen nahm der Holzfäller den seltsamen Mantel aus Gold und legte ihn in eine große Truhe, und seine Frau nahm eine Bernsteinkette, die um den Hals des Kindes geschlungen war, und legte auch diese in die Truhe.

So wuchs das Sternenkind mit den Kindern des Holzfällers auf und saß mit ihnen am selben Tisch und war ihr Spielgefährte. Und mit jedem Jahr war der Knabe schöner anzusehen, sodass alle, die im Dorf wohnten, sich erstaunten, denn während sie braunhäutig und schwarzhaarig waren, war er weiß und zart wie geschnitztes Elfenbein, und seine Locken waren wie die Kelche der Osterglocke. Seine Lippen waren wie die Blütenblätter einer roten Blume, seine Augen wie Veilchen an einem Fluss von klarem Wasser und sein Leib wie die Narzisse auf einer Wiese, dahin der Schnitter nicht kommt.

Und doch bewirkte seine Schönheit Böses. Denn er wurde hochmütig und grausam und selbstsüchtig. Die Kinder des Holzfällers und die anderen Kinder des Dorfes verachtete er und sagte, sie seien geringer Abkunft, wohingegen er vornehm sei, einem Stern entsprungen, und er schwang sich zum Herrn über sie auf und nannte sie seine Knechte. Kein Mitleid hatte er mit den Armen oder mit denen, die blind waren oder verkrüppelt oder sonstwie mit Gebrechen behaftet, sondern bewarf sie mit Steinen und jagte sie hinaus auf die Landstraße und befahl ihnen, sich anderswo ihr Brot zu erbetteln, sodass außer den Vogelfreien keiner ein zweites Mal in das Dorf kam, um Almosen zu erbitten. Tatsächlich war er wie einer, der in die Schönheit vernarrt ist, verhöhnte die Schwächlichen und die Ungestalten und trieb seinen Spott mit ihnen; nur sich selbst liebte er, und im Sommer, wenn die Winde still hielten, lag er oft am Brunnen in des Priesters Obstgarten und blickte hinab auf das Wunder seines eigenes Angesichts und lachte vor Vergnügen über seine Schönheit.

Oft schalten ihn der Holzfäller und sein Weib und sagten:

»Wir haben an dir nicht so gehandelt, wie du an jenen handelst, die einsam und verlassen sind und niemanden haben, der ihnen beisteht. Warum bist du so grausam zu allen, die des Mitleids bedürfen?«

Oft sandte der alte Priester nach ihm, suchte ihn die Liebe zu allen lebenden Dingen zu lehren und sprach zu ihm: »Die Fliege ist deine Schwester. Tue ihr nichts zuleide. Die wilden Vögel, die durch den Wald streifen, haben ihre Freiheit. Stelle ihnen nicht mit Schlingen nach zu deinem Vergnügen. Gott schuf die Blindschleiche und den Maulwurf, und ein jedes hat seinen Platz. Wer bist du, dass du den Schmerz in Gottes Welt trägst? Selbst das Vieh auf dem Felde rühmt Ihn.«

Aber das Sternenkind achtete seiner Worte nicht, sondern runzelte die Stirn und verzog den Mund und ging zurück zu seinen Gefährten und führte sie an. Und seine Gefährten folgten ihm, denn er war schön und schnellfüßig und konnte tanzen und pfeifen und Musik machen. Und wohin das Sternenkind sie auch führte, sie folgten ihm, und was immer das Sternenkind sie tun hieß, das taten sie.

Und als er mit einem spitzen Rohr die trüben Augen des Maulwurfs durchbohrte, da lachten sie, und als er den Aussätzigen mit Steinen bewarf, da lachten sie ebenfalls. Und in allen Dingen herrschte er über sie, und sie wurden hartherzig genau wie er.

Nun zog eines Tages ein armes Bettelweib durch das Dorf. Ihre Kleider waren zerschlissen und zerlumpt, und ihre Füße bluteten von der steinigen Straße, auf der sie gewandert war, und sie war in sehr großer Not. Und da sie müde war, setzte sie sich unter einen Kastanienbaum, um sich auszuruhen.

Aber als das Sternenkind sie sah, sagte es zu seinen Gefährten: »Seht! Dort unter dem schönen, grünbelaubten Baum sitzt ein garstiges Bettelweib. Kommt, wir wollen sie verjagen, denn sie ist hässlich und ungestalt.«

Also näherte er sich ihr und bewarf sie mit Steinen und verhöhnte sie, und mit Entsetzen in den Augen sah sie ihn an und wandte ihren Blick nicht von ihm. Und als der Holzfäller, der in einem Schuppen nebenan Scheite spaltete, sah, was das Sternenkind tat, lief er herbei und tadelte es und sagte zu ihm: »Wahrhaftig, du bist hart von Herzen und kennst kein Erbarmen, denn was hat das arme Weib dir Böses getan, dass du auf diese Weise an ihr handeln solltest?«

Und das Sternenkind wurde rot vor Zorn und stampfte mit dem Fuß auf den Erdboden und sagte: »Wer bist du, dass du mich zur Rede stellst? Ich bin dein Sohn nicht, dass ich tun müsste nach deinem Geheiß.«

»Du sprichst wahr«, antwortete der Holzfäller, »und doch habe ich dir Mitleid bewiesen, als ich dich im Wald fand.«

Und als das Weib diese Worte vernahm, stieß sie einen lauten Schrei aus und sank in Ohnmacht. Und der Holzfäller trug sie in sein Haus, und seine Frau nahm sich ihrer an, und als sie aus der Ohnmacht erwachte, in die sie gesunken war, setzten sie ihr Speis und Trank vor und baten sie, sich daran gütlich zu tun.

Aber sie wollte weder essen noch trinken, sondern fragte

den Holzfäller: »Sagtest du nicht, das Kind sei im Wald gefunden worden? Und war das nicht heute vor zehn Jahren?«

Und der Holzfäller antwortete: »Ja, im Wald habe ich es gefunden, und es war heute vor zehn Jahren.«

»Und welche Zeichen hast du an ihm gefunden?«, rief sie. »Trug es nicht eine Bernsteinkette um den Hals? War es nicht von einem Mantel aus Goldgespinst umhüllt, das mit Sternen durchwirkt war?«

»Wahrhaftig«, antwortete der Holzfäller, »es war genau so, wie du sagst.« Und er nahm den Mantel und die Bernsteinkette aus der Truhe, in der sie lagen, und zeigte sie ihr.

Und als sie sie sah, weinte sie vor Freude und sagte: »Er ist mein kleiner Sohn, den ich im Wald verloren habe. Ich bitte dich, lass ihn rasch kommen, denn auf der Suche nach ihm bin ich durch die ganze Welt geirrt.«

Da gingen der Holzfäller und seine Frau hinaus und riefen nach dem Sternenkind und sagten zu ihm: »Gehe ins Haus, und dort wirst du deine Mutter finden, die auf dich wartet.«

Da rannte er hinein, von Staunen und großer Freude erfüllt. Doch als er sie sah, die dort wartete, lachte er verächtlich und sagte: »Wo ist meine Mutter? Denn ich sehe niemanden hier als dieses abstoßende Bettelweib.«

Und die Frau antwortete ihm: »Ich bin deine Mutter.«

»Du bist von Sinnen, so zu reden«, rief das Sternenkind böse. »Ich bin dein Sohn nicht, denn du bist eine Bettlerin und hässlich und in Lumpen. Darum scher dich fort und lass mich nicht länger dein garstiges Gesicht sehen.«

»Nein, du bist wirklich mein kleiner Sohn, den ich im Wald gebar«, rief sie, und sie fiel auf die Knie und streckte ihm ihre Arme entgegen. »Die Räuber haben dich mir entrissen und dich dem Tod überlassen«, murmelte sie, »aber ich erkannte dich, als ich dich sah, und auch die Zeichen habe ich erkannt, den Mantel aus Goldgespinst und die Bernsteinkette. Darum bitte ich dich, komm mit mir, denn in der ganzen Welt bin ich umhergeirrt auf der Suche nach dir. Komm mit mir, mein Sohn, denn ich bedarf deiner Liebe.«

Aber das Sternenkind rührte sich nicht vom Fleck, sondern verschloss die Pforten seines Herzens gegen sie, und es war kein Laut zu hören, nur die Frau, die vor Schmerz weinte.

Und zuletzt sprach er zu ihr, und seine Stimme klang hart und bitter. »Wenn du wahrhaftig meine Mutter bist«, sagte er, »so wäre es besser gewesen, du wärst fortgeblieben und nicht hierhergekommen, um Schande über mich zu bringen, da ich doch glaubte, das Kind eines Sternes zu sein und nicht einer Bettlerin Kind, wie du mir sagst, dass ich es bin. Darum scher dich fort und tritt mir nie wieder unter die Augen.«

»Ach! mein Sohn«, rief sie, »willst du mich nicht küssen, bevor ich gehe? Denn ich habe viel gelitten, um dich zu finden.«

»Nein«, sagte das Sternenkind, »du bist allzu garstig anzusehen, und lieber würde ich die Natter küssen oder die Kröte als dich.«

Da erhob sich das Weib und ging bitterlich weinend fort in den Wald, und als das Sternenkind sah, dass sie fort war, war es froh und rannte zurück zu seinen Spielgefährten, um mit ihnen zu spielen.

Aber als sie ihn kommen sahen, verhöhnten sie ihn und sagten: »Du bist so garstig wie die Kröte und so scheußlich wie die Natter. Scher dich fort, denn wir leiden es nicht, dass du mit uns spielst«, und sie jagten ihn hinaus aus dem Garten.

Und das Sternenkind runzelte die Stirn und sagte bei sich: »Was reden sie da? Ich will zum Brunnen gehen und hineinschauen, und er wird mir von meiner Schönheit erzählen.«

Also ging er zum Brunnen und schaute hinein, und siehe!, sein Gesicht war wie das Gesicht einer Kröte, und sein Leib war geschuppt wie eine Natter. Und er warf sich ins Gras und weinte und sagte bei sich: »Dies ist bestimmt meiner Sünde wegen über mich gekommen. Denn ich habe meine Mutter verleugnet und sie verjagt und war hochmütig und grausam zu ihr. Darum muss ich gehen und sie in der ganzen Welt suchen und darf nicht eher rasten, als bis ich sie gefunden habe.«

Und da kam die kleine Tochter des Holzfällers zu ihm, und sie legte ihm ihre Hand auf die Schulter und sagte: »Was tut es schon, dass du deine Anmut eingebüßt hast? Bleibe bei uns, und ich werde dich nicht verhöhnen.«

Und er sagte zu ihr: »Nein, ich bin grausam zu meiner Mutter gewesen, und zur Strafe ist mir dieses Übel gesandt worden. Darum muss ich fortgehen und durch die Welt irren, bis ich sie finde und sie mir Vergebung gewährt.«

Also lief er fort in den Wald und rief nach seiner Mutter, dass sie zu ihm komme, aber es gab keine Antwort. Den ganzen Tag rief er nach ihr, und als die Sonne unterging, legte er sich zum Schlafen auf ein Bett aus Blättern, und die Vögel und die Tiere flohen ihn, denn sie entsannen sich seiner Grausamkeit, und er war allein bis auf die Kröte, die ihn beobachtete, und die träge Natter, die vorüberschlich.

Und am Morgen erhob er sich und pflückte ein paar bittere Beeren von den Bäumen und aß sie und nahm seinen Weg durch den tiefen Wald und weinte bitterlich. Und jeden, dem er begegnete, fragte er, ob er nicht vielleicht seine Mutter gesehen habe.

Den Maulwurf fragte er: »Du kannst unter die Erde kriechen. Sage mir, ist meine Mutter dort?«

Und der Maulwurf antwortete: »Du hast meine Augen geblendet. Wie sollte ich das wissen?«

Den Hänfling fragte er: »Du kannst über die Wipfel der hohen Bäume fliegen und die ganze Welt sehen. Sage mir, kannst du meine Mutter sehen?«

Und der Hänfling antwortete: »Du hast mir die Flügel gestutzt zu deinem Vergnügen. Wie sollte ich fliegen?«

Und das kleine Eichkätzchen, das in der Tanne wohnte und einsam war, fragte er: »Wo ist meine Mutter?«

Und das Eichkätzchen antwortete: »Meine hast du erschlagen. Willst du auch deine erschlagen?«

Und das Sternenkind weinte und senkte den Kopf und bat Gottes Geschöpfe um Vergebung und zog weiter durch den Wald und suchte das Bettelweib. Und am dritten Tag gelangte er zur anderen Seite des Waldes und stieg hinab in die Ebene.

Und als er durch die Dörfer kam, verhöhnten ihn die Kinder und bewarfen ihn mit Steinen, und die Ackerbauern litten es nicht, dass er in den Scheunen schlief, damit das gespeicherte Korn nicht vom Mehltau befallen würde, so garstig war er anzusehen, und ihre Tagelöhner verjagten ihn, und da war keiner, der Mitleid mit ihm hatte. Auch konnte er nirgendwo etwas über das Bettelweib erfahren, das seine Mutter war, obgleich er drei Jahre durch die Welt irrte und oft glaubte, sie vor sich auf der Landstraße zu sehen, und sie anrief und ihr nachsetzte, bis die spitzen Steine seine Füße bluten ließen. Aber einholen konnte er sie nicht, und jene, die am Wegesrand wohnten, leugneten stets, sie gesehen zu haben oder irgendeine wie sie, und spotteten seines Kummers.

Drei Jahre lang irrte er durch die Welt, und in der Welt gab es nicht Liebe noch Güte noch Milde für ihn, sondern es war genau die Welt, wie er sie sich erschaffen hatte in den Tagen seines großen Hochmuts.

Und eines Abends kam er zu dem Tor einer fest ummauerten Stadt, die an einem Flusse lag, und so müde und fußkrank er war, schickte er sich doch an, sie zu betreten. Aber die Soldaten, die Wache hielten, kreuzten ihre Hellebarden vor dem Eingang und fragten ihn barsch: »Was hast du in der Stadt zu suchen?«

»Ich suche meine Mutter«, antwortete er, »und ich bitte euch, mich durchzulassen, denn es mag sein, dass sie in dieser Stadt ist.«

Sie aber verhöhnten ihn, und einer von ihnen schüttelte

seinen schwarzen Bart, stieß seinen Schild auf den Boden und rief: »Wahrhaftig, deine Mutter wird sich nicht freuen, wenn sie dich sieht, denn du bist ungestalter als die Sumpfkröte oder die Natter, die im Moor schleicht. Scher dich fort. Scher dich fort. Deine Mutter wohnt nicht in dieser Stadt.«

Und ein anderer, der ein gelbes Banner in der Hand hielt, sagte zu ihm: »Wo ist deine Mutter, und warum suchst du sie?«

Und er antwortete: »Meine Mutter ist eine Bettlerin geradeso wie ich, und ich habe schlecht an ihr gehandelt, und ich bitte euch, mich durchzulassen, dass sie mir Vergebung gewährt, falls sie in dieser Stadt weilt.« Aber sie duldeten es nicht und stachen mit ihren Lanzen nach ihm.

Und als er sich weinend fortwandte, kam einer, dessen Harnisch mit vergoldeten Blumen eingelegt war und auf dessen Helm ein geflügelter Löwe saß, und erkundigte sich bei den Soldaten, wer es sei, der da Einlass begehrte. Und sie sagten zu ihm: »Er ist ein Bettler und das Kind einer Bettlerin, und wir haben ihn verjagt.«

»Nein«, rief er lachend, »wir wollen das garstige Geschöpf als Sklaven verkaufen, und sein Preis soll sein der Preis einer Schale süßen Weines.«

Und ein alter, übelgesichtiger Mann, der eben vorbeikam, rief sie an und sagte: »Zu diesem Preis will ich ihn kaufen«, und als er den Preis entrichtet hatte, nahm er das Sternenkind bei der Hand und führte es in die Stadt.

Und nachdem sie durch viele Straßen gegangen waren, kamen sie zu einer kleinen Pforte, die war in eine Mauer eingelassen, über der ein Granatapfelbaum wuchs. Und der alte Mann berührte die Pforte mit einem Ring aus geschnitztem Jaspis, und sie sprang auf, und sie stiegen fünf erzene Stufen hinab in einen Garten, der war mit schwarzem Klatschmohn und grünen Gefäßen aus gebranntem Ton angefüllt. Und daraufhin nahm der alte Mann aus seinem Turban ein Tuch aus gemusterter Seide hervor und verband dem Sternenkind die Augen damit und trieb es vor sich her. Und als ihm das Tuch von den Augen genommen wurde, fand sich das Sternenkind in einem Verlies wieder, das war von einer Laterne von Horn erhellt.

Und der alte Mann setzte ihm auf einem Brettchen etwas verschimmeltes Brot vor und sagte: »Iss«, und etwas brackiges Wasser in einem Becher und sagte: »Trink«, und als es gegessen und getrunken hatte, ging der alte Mann hinaus, sperrte die Tür hinter sich ab und verhängte sie mit einer eisernen Kette.

Und am Morgen kam der alte Mann zu ihm herein, der der listigste Zauberer Libyens war und seine Kunst bei einem erlernt hatte, der in den Gräbern am Nil hauste, warf ihm einen finsteren Blick zu und sagte: »In einem Wald nahe dem Tor dieser Stadt von Giauren liegen drei Goldstücke. Eines ist aus Weißgold, das zweite ist aus Gelbgold und das Gold des dritten ist rot. Heute sollst du mir das Stück Weißgold bringen, und bringst du es nicht, so will ich dir hundert Hiebe verabreichen. Mach dich fort, und bei Sonnenuntergang werde ich an der Gartenpforte auf dich warten. Sieh zu, dass du das Weißgold mitbringst, oder es wird dir übel ergehen, denn du bist mein Sklave, und ich habe dich gekauft zum Preis einer Schale süßen Weines.« Und mit dem Tuch aus gemusterter Seide verband er dem Sternenkind die Augen und führte es durch das Haus und durch den Garten mit Klatschmohn und die fünf erzenen Stufen hinauf. Und nachdem er mit seinem Ring die kleine Pforte aufgetan hatte, stieß er es auf die Straße.

Und das Sternenkind zog zum Stadttor hinaus und kam zu dem Wald, von dem der Zauberer ihm gesprochen hatte.

Nun war dieser Wald von außen sehr schön anzusehen und schien voller Singvögel und süß duftender Blumen, und das Sternenkind betrat ihn fröhlich. Doch seine Schönheit nützte ihm wenig, denn wo er auch hintrat, schossen scharfe Dornenhecken aus der Erde und umschlossen ihn, und böse Nesseln verbrannten ihn, und die Distel stach ihn mit ihren Dolchen, sodass er in arger Not war. Auch konnte er nirgends das Stück Weißgold finden, von dem der Zauberer ihm gesprochen hatte, obgleich er es suchte vom Morgen bis zum Mittag und vom Mittag bis zum Sonnenuntergang. Und bei Sonnenuntergang wandte er sein Gesicht heimwärts und weinte bitterlich, denn er wusste, welches Los ihm bevorstand.

Aber als er den Saum des Waldes erreicht hatte, hörte er aus dem Dickicht einen Schrei wie von einem, der Schmerzen leidet. Und er vergaß seinen eigenen Kummer und lief zurück zu der Stelle und sah dort einen kleinen Hasen, der saß in einer Falle, die ein Jäger ihm gestellt hatte.

Und das Sternenkind hatte Mitleid mit ihm und befreite

ihn und sagte zu ihm: »Ich bin selbst nur ein Sklave, und doch kann ich dir die Freiheit schenken.«

Und der Hase antwortete ihm und sagte: »Gewiss, du hast mir die Freiheit geschenkt, und was soll ich dir dafür geben?«

Und das Sternenkind sagte zu ihm: »Ich suche ein Stück Weißgold, aber ich kann es nirgends finden, und wenn ich es meinem Herrn nicht bringe, wird er mich schlagen.«

»Komm mit mir«, sagte der Hase, »und ich will dich zu ihm führen, denn ich weiß, wo es versteckt ist und zu welchem Zweck.«

So ging das Sternenkind mit dem Hasen mit, und siehe!, in der Spalte eines großen Eichbaums gewahrte er das Stück Weißgold, das er suchte. Und er war voller Freude und ergriff es und sagte zu dem Hasen: »Den Dienst, den ich dir erwiesen habe, den hast du mir vielfach vergolten, und die Güte, die ich dir gezeigt habe, die hast du hundertfach zurückbezahlt.«

»Nein«, antwortete der Hase, »denn so wie du an mir gehandelt hast, so habe ich an dir gehandelt«, und er hoppelte flink davon, und das Sternenkind ging zur Stadt hin.

Nun saß am Stadttor einer, der war ein Aussätziger. Über seinem Gesicht hing eine Kapuze aus grauem Leintuch, und durch die Sehschlitze glühten seine Augen wie rote Kohlen. Und wie er das Sternenkind kommen sah, schlug er auf eine hölzerne Schale und bimmelte mit seiner Schelle und rief es an und sagte: »Gib mir ein Geldstück, oder ich muss des Hungers sterben. Denn man hat mich aus der Stadt verstoßen, und da ist keiner, der Mitleid mit mir hat.«

»Ach!«, rief das Sternenkind. »Ich habe nur ein Geldstück in meiner Katze, und wenn ich es meinem Herrn nicht bringe, wird er mich schlagen, denn ich bin sein Sklave.«

Aber der Aussätzige flehte es an und bettelte so lange, bis das Sternenkind Erbarmen hatte und ihm das Stück Weißgold gab.

Und als er zu des Zauberers Haus kam, machte der Zauberer ihm auf und ließ ihn ein und sagte zu ihm: »Hast du das Stück Weißgold?« Und das Sternenkind antwortete: »Ich habe es nicht.« Da fiel der Zauberer über ihn her und schlug ihn und setzte ihm ein leeres Brettchen vor und sagte: »Iss«, und einen leeren Becher und sagte: »Trink«, und warf ihn wieder in das Verlies.

Und am Morgen kam der Zauberer zu ihm und sagte: »Wenn du mir heute nicht das Stück Gelbgold bringst, so will ich dich gewisslich als meinen Sklaven behalten und dir dreihundert Hiebe verabreichen.«

So ging das Sternenkind in den Wald, und den ganzen Tag suchte er nach dem Stück Gelbgold, konnte es aber nirgends finden. Und bei Sonnenuntergang setzte er sich nieder und begann zu weinen, und wie er so weinte, da kam zu ihm der kleine Hase, den er aus der Falle befreit hatte.

Und der Hase sprach zu ihm: »Warum weinst du? Und was suchst du im Wald?«

Und das Sternenkind antwortete: »Ich suche ein Stück Gelbgold, das hier versteckt ist, und wenn ich es nicht finde, so wird mein Herr mich schlagen und mich als Sklaven behalten.«

»Folge mir«, rief der Hase, und er hoppelte durch den Wald, bis er an einen Wassertümpel kam. Und auf dem Grunde des Tümpels lag das Stück Gelbgold.

»Wie soll ich dir danken?«, fragte das Sternenkind. »Denn siehe!, dies ist das zweite Mal, dass du mir beigestanden hast.«

»Nein, du hattest zuerst Mitleid mit mir«, sagte der Hase und hoppelte flink davon.

Und das Sternenkind nahm das Stück Gelbgold und steckte es in seine Katze und eilte zur Stadt. Doch der Aussätzige sah ihn kommen und lief ihm entgegen und kniete hin und rief: »Gib mir ein Geldstück, oder ich werde des Hungers sterben.«

Und das Sternenkind sagte zu ihm: »Ich habe in meiner Katze nur ein Stück Gelbgold, und wenn ich es meinem Herrn nicht bringe, wird er mich schlagen und mich als seinen Sklaven behalten.«

Aber der Aussätzige flehte ihn inbrünstig an, sodass das Sternenkind Mitleid mit ihm hatte und ihm das Stück Gelbgold gab.

Und als er zu des Zauberers Haus kam, machte der Zauberer ihm auf und ließ ihn ein und sagte zu ihm: »Hast du das Stück Gelbgold?« Und das Sternenkind sagte zu ihm: »Ich habe es nicht.« Da fiel der Zauberer über ihn her und schlug ihn und beschwerte ihn mit Ketten und warf ihn wieder in das Verlies.

Und am Morgen kam der Zauberer zu ihm und sagte: »Wenn du mir heute das Stück Rotgold bringst, will ich dich freilassen, bringst du es aber nicht, so will ich dich gewisslich erschlagen.«

So ging das Sternenkind in den Wald, und den ganzen Tag suchte er nach dem Stück Rotgold, konnte es aber nirgends finden. Und am Abend setzte er sich nieder und weinte, und wie er so weinte, da kam zu ihm der kleine Hase.

Und der Hase sprach zu ihm: »Das Stück Rotgold, das du suchst, ist in der Höhle, die hinter dir liegt. Darum weine nicht mehr, sondern sei guten Muts.«

»Wie soll ich dich belohnen?«, rief das Sternenkind. »Denn siehe!, dies ist das dritte Mal, dass du mir beigestanden hast.«

»Nein, du hattest zuerst Mitleid mit mir«, sagte der Hase und hoppelte flink davon.

Und das Sternenkind betrat die Höhle, und im entferntesten Winkel fand es das Stück Rotgold. Da steckte er es in seine Katze und eilte zur Stadt. Und der Aussätzige sah ihn kommen, stellte sich mitten auf die Straße und rief ihn an und sagte zu ihm: »Gib mir das rote Geldstück, oder ich muss sterben«, und wieder hatte das Sternenkind Mitleid mit ihm und gab ihm das Stück Rotgold und sagte: »Deine Not ist größer als meine.« Doch sein Herz war schwer, denn er wusste, welch böses Los ihn erwartete.

Aber siehe!, als er durchs Stadttor schritt, verneigten sich die Wachen, huldigten ihm und sagten: »Wie schön ist unser Gebieter!«, und eine Menge von Bürgern folgte ihm und rief aus: »Wahrhaftig, auf der ganzen Welt ist keiner so schön!«, sodass das Sternenkind weinte und bei sich sagte: »Sie verhöhnen mich und spotten meines Elends.« Und so groß war der Menschenauflauf, dass er von seinem Weg abkam und sich zuletzt auf einem großen Platz wiederfand, auf dem stand der Palast eines Königs.

Und das Tor des Palastes sprang auf, und die Priester und die hohen Beamten der Stadt eilten ihm entgegen, und sie demütigten sich vor ihm und sagten: »Ihr seid unser Gebieter, auf den wir gewartet haben, und der Sohn unseres Königs.«

Und das Sternenkind antwortete ihnen und sagte: »Ich bin keines Königs Sohn, sondern das Kind eines armen Bettelweibes. Und wie könnt ihr sagen, ich sei schön, da ich doch weiß, dass ich widerwärtig anzusehen bin?«

Da hob der, dessen Harnisch mit vergoldeten Blumen eingelegt war und auf dessen Helm ein geflügelter Löwe saß, seinen Schild in die Höhe und rief: »Wie kann mein Gebieter sagen, er sei nicht schön?«

Und das Sternenkind schaute hinein, und siehe!, sein Angesicht war genau so, wie es gewesen war, und seine Anmut war ihm wiedergeschenkt, und er sah etwas in seinen Augen, das er zuvor nicht gesehen hatte.

Und die Priester und die hohen Beamten knieten nieder und sagten zu ihm: »Von alters her ist geweissagt, dass am heutigen Tage kommen wird der, welcher über uns herrschen soll. Darum lasst unseren Gebieter diese Krone und dieses Zepter nehmen, und in seiner Gerechtigkeit und Gnade sei er König über uns.«

Er aber sagte zu ihnen: »Ich bin nicht würdig, denn ich habe die Mutter verleugnet, die mich gebar, und darf nicht eher ruhen, als bis ich sie gefunden und ihre Vergebung erlangt habe. Darum lasst mich ziehen, denn ich muss erneut durch die Welt irren und darf hier nicht verweilen, möget ihr mir auch Krone und Zepter bieten.« Und während er sprach, wandte er sein Gesicht von ihnen ab und zur Straße hin, die zum Stadttor führte, und siehe!, in der Menge, die die Soldaten umdrängte, erblickte er das Bettelweib, das seine Mutter war, und an ihrer Seite stand der Aussätzige, der an der Straße gesessen hatte.

Und ein Freudenschrei löste sich von seinen Lippen, und er lief hin, kniete nieder und küsste die Wunden an den Füßen seiner Mutter und benetzte sie mit seinen Tränen. Er neigte seinen Kopf in den Staub und schluchzte wie einer, dem das Herz bricht, und sagte zu ihr: »Mutter, ich habe dich verleugnet in der Stunde meines Stolzes. Nimm mich an in der Stunde meiner Demut. Mutter, ich schenkte dir Hass. Schenke du mir Liebe. Mutter, ich verstieß dich. Nimm du dein Kind jetzt an.« Aber das Bettelweib antwortete ihm mit keinem Wort.

Und er streckte seine Hände aus und umfasste die Füße des Aussätzigen und sagte zu ihm: »Dreimal schenkte ich dir Erbarmen. Bitte meine Mutter, dass sie einmal zu mir spricht.« Aber der Aussätzige antwortete ihm mit keinem Wort.

Und er schluchzte abermals und sagte: »Mutter, mein Leid ist schwerer, als ich ertragen kann. Gewähre mir deine Vergebung und lass mich wieder in den Wald gehen.« Und das Bettelweib legte ihm ihre Hand auf den Kopf und sprach zu ihm: »Steh auf«, und der Aussätzige legte ihm seine Hand auf den Kopf und sprach ebenfalls zu ihm: »Steh auf.«

Und er stand auf und blickte sie an, und siehe!, sie waren ein König und eine Königin.

Und die Königin sagte zu ihm: »Dies ist dein Vater, dem du beigestanden hast.«

Und der König sagte: »Dies ist deine Mutter, der du die Füße gewaschen hast mit deinen Tränen.«

Und sie fielen ihm um den Hals und küssten ihn und brachten ihn in den Palast und kleideten ihn in schöne Gewänder und setzten ihm die Krone aufs Haupt und drückten ihm das Zepter in die Hand, und er herrschte über die Stadt, die an dem Flusse stand, und war ihr Gebieter. Allen erwies er große Gerechtigkeit und Gnade, und den bösen Zauberer verbannte er, und dem Holzfäller und seinem Weib sandte er viele reiche Geschenke, und ihren Kindern erwies er hohe Ehre. Auch duldete er nicht, dass auch nur einer grausam war gegen Gevögel oder Getier, sondern lehrte sie Liebe und Güte und Milde, und den Armen gab er Brot, und den Nackten gab er Kleidung, und es herrschten Friede und Wohlstand im Land.

Doch er regierte nicht lange, so groß war sein Leid gewesen und seine Feuerprobe so hart, denn nach drei Jahren starb er. Und er, der nach ihm kam, regierte gottlos.

Nachwort

Die hier unter der Überschrift »Märchen« versammelten neun Prosatexte von Oscar Wilde (1854–1900) entstammen den zwei Bänden *The Happy Prince and Other Tales* (Mai 1888) und *A House of Pomegranates* (November 1891).* Wie die Originaltitel belegen, nahm der Autor selbst Abstand von einer solchen Zuordnung und wählte für den ersten der beiden Sammelbände, seine früheste Prosaveröffentlichung in Buchform überhaupt, den neutraleren Ausdruck »Geschichte« oder »Erzählung«, während er beim zweiten auf die Benennung des Genres ganz verzichtete. Andernorts schwankte er in seiner Einschätzung der Gattungszugehörigkeit beträchtlich: In verschiedenen Briefen ist von »Kurzgeschichten«, »Studien in Prosa« oder »Prosagedichten« die Rede, sodann aber auch von »Märchen« (*fairy tales* – »Feengeschichten«).

Und um Märchen handelt es sich zweifellos. Mit Ausnahme der tragischen Erzählung »Der Geburtstag der Infantin«, die eine reale historische und geographische Verortung im Spanien der zweiten Hälfte des 16. Jahrhunderts erlaubt und

* *The Happy Prince and Other Tales* enthält die Märchen »Der Glückliche Prinz« (»The Happy Prince«), »Die Nachtigall und die Rose« (»The Nightingale and the Rose«), »Der selbstsüchtige Riese« (»The Selfish Giant«), »Der ergebene Freund« (»The Devoted Friend«) und »Der bemerkenswerte Raketerich« (»The Remarkable Rocket«), *A House of Pomegranates* (meist als *Das Granatapfelhaus* übersetzt) die Märchen »Der junge König« (»The Young King«), »Der Geburtstag der Infantin« (»The Birthday of the Infanta«), »Der Fischer und seine Seele« (»The Fisherman and His Soul«) und »Das Sternenkind« (»The Star-Child«).

durch Diego Rodríguez de Silva y Velázquez' Gemälde verschiedener Hofzwerge, Hofnarren und Infantinnen, besonders aber durch sein Gruppenporträt *Las Meninas* (1656) angeregt wurde, weisen die Texte zumindest als Ensemble die typischen Merkmale der Gattung auf: zeitliche und örtliche Unbestimmtheit frei erfundener Begebenheiten; namenlos bleibende archetypische Figuren; wiederkehrende Motivketten; Dreierreihung als episodenbildendes Gliederungsprinzip; die Behandlung von Wünschen und Ängsten; Initiation und Transformation des Helden; und nicht zuletzt die unerlässliche Dimension des Übernatürlichen, Wunderbaren und Zauberhaften – eine spielerische Aufhebung der Naturgesetze; sprechende Tiere, Pflanzen und Gegenstände; rituelle Prüfungen mit Tiergestalten als Helfern; Fabelwesen wie Riesen oder Meerjungfrauen; Hexen, Zauberer und Teufel; magische Kräfte; fantastische Verwandlungen.

Zudem verzichten die Texte ganz im Sinne des Märchens auf psychologische Ausdifferenzierung und beschränken sich auf eine überschaubare, einsträngige Handlung. Allerdings gibt es auch hier zwei Ausnahmen: Die von einem Grünfink vorgetragene parabelähnliche »Geschichte vom ergebenen Freund«, dem dicken Müller Hugo, ist eingebettet in eine unter Tieren spielende satirische Rahmenerzählung, und auch der weit ausholende orientalisierende Bericht über die »Seelenwanderung« in »Der Fischer und seine Seele«, eine weitere Geschichte in der Geschichte, sorgt für eine komplexere Grundstruktur.

Unschlüssig war sich Wilde offenbar nicht nur hinsichtlich der genauen Genrebestimmung, sondern auch hinsichtlich des intendierten Publikums. Schrieb er einerseits, die Sammlung *The Happy Prince* sei »eigentlich für Kinder gedacht« (Brief an W. E. Gladstone, Juni 1888), so hieß es bald darauf, die Geschichten seien »teils für Kinder gedacht und teils für jene, die sich die kindlichen Fähigkeiten des Staunens und der Freude bewahrt haben und in Schlichtheit eine subtile Fremdartigkeit entdecken« (Brief an G. H. Kersley, 15. Juni 1888). Und einmal deklarierte er kurz und bündig: »geschrieben nicht für Kinder, sondern für kindliche Leute von acht bis achtzig!« (Brief an Amelie Rivers Chanler, Januar 1889.) Dem entspricht, dass der begnadete Raconteur und Rhapsode beispielsweise das Märchen »Der Glückliche Prinz« nicht, wie vielfach angenommen, zunächst seinen Kindern Cyril und Vyvyan vorerzählte – die, am 5. Juni 1885 und am 3. November 1886 geboren, selbst nach Erscheinen des Bandes dafür viel zu jung gewesen sein dürften –, sondern 1885 einer Gruppe von Freunden in Cambridge, den »Cicadas«, aus dem Stegreif zu Gehör brachte und erst danach schriftlich fixierte. Etliche seiner mündlich improvisierten sozialen Märchen und christlichen Parabeln wurden nicht einmal von ihm selbst, sondern von zuhörenden Erwachsenen aufnotiert.

Wohl aber könnte die Tatsache, dass er Vater geworden war, Wilde dazu veranlasst haben, zentrale Belange wie die Erlösung des Menschen vom Übel durch die befreiende Kraft der Liebe in eine für ihn (und großenteils auch für England) neue literarische Form zu gießen, die Anklang bei beiden Zielgruppen finden mochte, sei ihre Lektüre nun die einer ursprünglichen »participation mystique« (Lucien Lévy-Bruhl) beim Kind oder die der Projektion unbewusster psychischer Prozesse auf symbolische Bilder beim Erwachsenen. Die Rezeptionsgeschichte seiner Märchen, die schon bald ihren Siegeszug um die Welt antraten und den Rang von Klassikern erlangt haben, sollte ihm recht geben.

Dass Wilde vor einer eindeutigen Festlegung der Leserschaft (beziehungsweise Zuhörerschaft) ebenso wie des Genres zurückscheute, hat seine Gründe: Da ist einmal seine eigene Persönlichkeit, in der Kindliches und Erwachsenes aufeinandertrafen und sich dauerhaft vermengten. Und da ist das Bestreben des Autors, die einmal gewählte Form teils zu parodieren, teils zu sprengen: durch ästhetische (ästhetizistische) Verfeinerung einerseits und durch religiöse (christliche) Überhöhung andererseits.

Angesichts der vorwiegend realistischen Literatur seiner Zeit betonte Wilde immer wieder den hohen Stellenwert literarischer Form, poetischen Stils und künstlerischer Imagination. Die Titelgeschichte »Der Glückliche Prinz« sei »ein Versuch, ein tragisches modernes Problem in einer Form zu erfassen, die auf Zartheit und imaginative Behandlung zielt: Sie ist eine Reaktion auf den rein imitativen Charakter der modernen Kunst« (Brief an Leonard Smithers, 13. Juli 1888), »ein Versuch, das moderne Leben in einer Form zu spiegeln, die der Realität enthoben ist – sich mit modernen Problemen auf eine Weise zu befassen, die ideal ist und nicht imitativ« (Brief an Amelie Rivers Chanler, Januar 1889).

In seiner Absage an die Imitation, in seinem Beharren auf der Vorrangigkeit der Form vor dem Inhalt, der Kunst vor der Natur, des ästhetischen Eindrucks vor jeder Ähnlichkeit mit der Realität folgt Wilde dem Schönheitskult eines John Ruskin (1819–1900) oder Walter Pater (1839–94), den Begründern der »ästhetischen Bewegung«, die eine »Kunst um der Kunst willen« propagierten. Doch in letzter Instanz und in wesentlichen Zügen verdankt sich Wildes Vermischung von Poesie und Prosa, Kunst und Kritik, märchenhaftem Ernst und feiner Ironie der romantischen Auffassung des poetischen Kunstmärchens. Im 116. Athenäums-Fragment definierte Friedrich Schlegel die romantische Poesie als »progressive Universalpoesie«: »Ihre Bestimmung ist nicht bloß, alle getrennten Gattungen der Poesie wieder zu vereinigen und die Poesie mit der Philosophie und Rhetorik in Berührung zu setzen. Sie will und soll auch Poesie und Prosa, Genialität und Kritik, Kunstpoesie und Naturpoesie bald mischen, bald verschmelzen, die Poesie lebendig und gesellig und das Leben und die Gesellschaft poetisch machen, den Witz poetisieren und die Formen der Kunst mit gediegnem Bildungsstoff jeder Art anfüllen und sättigen und durch die Schwingungen des Humors beseelen. Sie umfaßt alles, was nur poetisch ist, vom größten wieder mehre Systeme in sich enthaltenden Systeme der Kunst bis zu dem Seufzer, dem Kuß, den das dichtende Kind aushaucht in kunstlosem Gesang. […] Die romantische Poesie ist unter den Künsten was der Witz der Philosophie und die Gesellschaft, Umgang, Freundschaft und Liebe im Leben ist.«

Aus ähnlichen Ansprüchen leitet sich Wildes Poetisierung des Märchengeschehens durch eine wie auf Glas gemalte, lichtdurchlässige Sprache ab, durch die kontinuierliche Verwendung schmückender Beiwörter und ausgesuchter Vergleiche, durch die in allen Farben schillernde Eleganz der Darstellung und eine pittoreske Atmosphäre, die Anleihen bei den französischen Symbolisten und bei englischen Präraffaeliten wie Dante Gabriel Rossetti (1828–82) und Edward Burne-Jones (1833–98) macht und in *künstlicher* Schlichtheit und *reflektierter* Grazie resultiert. Von etlichen Kritikern wurden Wildes Märchen denn auch einer artifiziellen, preziösen Ornamentalik geziehen, die den Grundtenor der Aussage mit überflüssiger Symbolik und dem »verbalen Zierrat seiner Epoche« (W. B. Yeats) überfrachte.

Wildes Obsession für das Schöne betrifft allerdings nur die Form, den Stil, die Sprache seiner Märchen. In ihrem Gehalt widersprechen diese aufs Entschiedenste einem narzisstischen Ich-Kult, einem amoralischen Existenzmodell, einer ausschweifenden hedonistischen Lebensführung, wie man sie bei Wilde vermuten möchte; vielmehr fordern sie unmissverständlich auf zur Selbstfindung durch Selbstzurücknahme, Selbstüberwindung, Selbstaufgabe und Selbstaufopferung oder, in der Terminologie Carl Gustav Jungs, zu einer Vereinigung des »männlichen« Logos mit dem »weiblichen« Eros, welche die Individuation des Ego zum Selbst zum Ziel hat. Am unumwundensten wird der unversöhnte Gegensatz dieser beiden Prinzipien in »Die Nachtigall und die Rose« ausgesprochen.

Hinzu kommt das bereits erwähnte christliche Element. Lediglich einer der Texte, »Das Sternenkind«, beginnt mit der althergebrachten Eingangsformel »Es war einmal«, keiner endet mit den beruhigenden Versicherungen etwa der Grimm'schen Märchen: »und wenn sie nicht gestorben sind, so leben sie heute noch«, »und lebten vergnügt bis an ihr Ende« oder »und lebten glücklich ihr Lebelang«. Stattdessen finden Wildes Hauptfiguren – so etwa der mitleidvolle Schwalberich, die selbstlose Nachtigall, der bekehrte Riese und der liebende Fischer – Erfüllung, Vollendung und Erlösung erst im Tod, wenn sie nicht, wie der junge König, schon zu Lebzeiten christusgleich verklärt werden. Beides – Tod *und* Verklärung – ist dem volkstümlichen Märchen fremd. In diesem belohnt eine ausgleichende höhere Gerechtigkeit das Gute bereits im irdischen Leben, einem Leben, das seinen ruhigen, ungestörten Fortgang bis an das glückselige Ende der Figuren nimmt. Lediglich das Sternenkind, das nicht etwa als Tod- oder Frühgeburt zum Himmel aufgestiegen ist, sondern vom Himmel herabgefallen zu sein scheint, darf, zum König gekrönt, immerhin drei Jahre lang gerecht und mildtätig regieren.

Wildes Märchen sind jedoch nicht nur vom *Geist* der christlichen Botschaft – »Liebe und Güte und Milde« – und über weite Strecken von einem biblischen *Ton* durchdrungen. In dem Märchen »Der Glückliche Prinz«, das einen doppelten Schluss aufweist, einen irdischen und einen himmlischen, tritt Gott der Herr selbst auf und lässt sich von einem seiner Engel »die beiden kostbarsten Dinge in der Stadt« bringen: das bleierne Herz des eingeschmolzenen Prinzen und den toten Vogel, der im aufopfernden Dienst an den Armen der Stadt bei aller innerlichen Wärme eines winterlichen Kälte- und Erschöpfungstodes gestorben ist. Und in »Der selbstsüchtige Riese«, einer freien Abwandlung der Christophorus-Legende, wird das Jesuskind, das mysteriöserweise bereits die Male des Heilands aufweist, vom Riesen zwar nicht über einen Fluss getragen, sondern auf einen Baum gehoben, doch das Entscheidende ist seine Präsenz auf Erden. In beiden Fällen winkt den Protagonisten, dem Schwalberich und dem Riesen, der Paradiesgarten Gottes. Die Passion Christi wird nicht nur in jenen »Wundmalen der Liebe«, sondern auch im Dornentod der Nachtigall angedeutet. Auf diese Weise nimmt Wilde eine Re-Sakralisierung des Märchens, das die Metamorphose von Sterben und Auferstehen stets in einen symbolisch-imaginären Raum verlegt, in Richtung zum (christlichen Erlösungs-)Mythos vor.

Man kennt Oscar Wilde als zwischen üppigem Mobiliar und kostbaren *objets d'art* luxurierenden Dandy und Décadent, und man kennt ihn als nahezu gebrochenen Mann, als wegen »Sodomie« zu zwei Jahren Freiheitsentzug verurteilten Häftling C.3.3, der von 1895 bis 1897 in der Zelle des Zuchthauses von Reading »die andere Hälfte des Gartens«, menschliches Leid und neutestamentliche Liebe, wiederentdeckt. In Wilde, dem Märchenerzähler, sind beide Tendenzen vereint. Was sie zusammenzwingt, ist die Ethik seiner Märchen. Die »ethische Sympathie« im Künstler, von der er sich in der Vorrede zu seinem Roman *The Picture of Dorian Gray* (1890 bzw. 1891) distanziert und die er mit einer »unverzeihlichen Manieriertheit des Stils« gleichgesetzt hatte, tritt bei den Märchen in den Vordergrund. Wildes »ethische Sympathie« gilt denjenigen Märchengeschöpfen, seien es Tiere oder Menschen, die dem Johannesevangelium folgen: »Niemand hat größere Liebe denn die, dass er sein Leben lässt für seine Freunde« (Joh. 15,13).

Wildes Märchen bewegen sich in eben diesem Spannungsfeld von Ästhetik, Religion und Ethik. Wieder und wieder wird in ihnen das Hohelied der allumfassenden, alle gesellschaftlichen Regeln sprengenden Liebe gesungen, sei es die des Eros oder die der Agape. Die Liebe, heißt es, sei größer als das Leben, weiser als die Weisheit, mächtiger als die Macht und kostbarer als der Reichtum. Dass Wilde seinen verliebten Studenten mit einer für Märchen ungewöhnlich lakonischen Ironie wieder in die Studierstube zurückschickt, zum Logos der Metaphysik, tut dem einmal konstatierten Prinzip keinen Abbruch. Denn der Student, der die Liebe ebenso zynisch verrät wie der Müller die Freundschaft, ist beileibe nicht die Hauptfigur dieses einem persischen Vorbild nachempfundenen Märchens: »Ich fürchte, ich halte von dem jungen Studenten nicht so viel wie Sie. Er scheint mir ein ziemlich seichter junger Mann zu sein und fast so schlecht wie das Mädchen, das er zu lieben glaubt. Die wahre Liebende, wenn es denn eine gibt, ist die Nachtigall. Sie wenigstens ist die romantische Liebe, und der Student und das Mädchen sind, wie die meisten von uns, romantischer Liebe unwürdig. So wenigstens will es mir erscheinen, aber ich bilde mir gern ein, dass die Geschichte viele Bedeutungen hat, denn als ich sie und die anderen schrieb, begann ich nicht mit einer Idee, die ich in Form einkleidete, sondern begann mit einer Form und bemühte mich, diese so schön zu gestalten, dass sie viele Geheimnisse und viele Antworten birgt« (Brief an Thomas Hutchinson, 13. Juli 1888).

Wilde postuliert jedoch nicht nur verbindliche ethische Werte wie Mitgefühl und Selbstlosigkeit, sondern entdeckt seine Sympathie für die unterdrückten »niederen Klassen«. Denn das »moderne Problem«, das Wilde anspricht, ist – namentlich in »Der Glückliche Prinz«, »Der junge König« und »Das Sternenkind« – der scharfe gesellschaftliche Kontrast zwischen Glanz und Elend, zwischen einer genießenden und einer produzierenden Klasse: Menschliches Leid wird nicht einfach von Oberflächlichkeit, falscher Freundschaft, eigensüchtigem Handeln, Gefühlskälte, Herzlosigkeit oder Habgier hervorgerufen, sondern von objektiven sozialen Widersprüchen erzeugt.

Diese explizite Sozialkritik, etwa in »Der junge König«, nach Wildes eigenem Bekunden in seinem Gesamtschaffen das ihm liebste Werk, konstituiert das eigentlich Subversive seiner Märchen: »Im Krieg […] machen die Starken die Schwachen zu Sklaven, und im Frieden machen die Reichen die Armen zu Sklaven. […] Wir keltern die Trauben, und ein anderer trinkt den Wein. Wir säen das Korn, und unser eigener Tisch ist leer. Wir tragen Ketten, obzwar kein Auge sie wahrnimmt; und wir sind Sklaven, obzwar man uns frei nennt.« Der junge König verliert den Gefallen an allen unter Qualen hergestellten schönen Gegenständen, an Gewand, Zepter und Krone, und tauscht Letztere gegen einen Schaffellmantel, einen Hirtenstab und einen Reif aus Rosenzweigen ein: »Soll die Freude tragen, was das Leid geschaffen hat?« So gelangt er in seinen drei allegorienreichen Träumen von der Ausbeutung des Menschen durch den Menschen zu Einsichten, die Walter Benjamins profunde Erkenntnis in der VII. These *Über den Begriff der Geschichte* (1940) vorwegnehmen: »Denn was er [der historische Materialist] an Kulturgütern überblickt, das ist ihm samt und sonders von einer Abkunft, die er nicht ohne Grauen bedenken kann. Es dankt sein Dasein nicht nur der Mühe der großen Genien, die es geschaffen haben, sondern auch der namenlosen Fron ihrer Zeitgenossen. Es ist niemals ein Dokument der Kultur, ohne zugleich ein solches der Barbarei zu sein.« Wie fortgeschritten Wildes Ansichten zu Ausbeutungsverhältnissen waren, bezeugt seine Denkschrift *The Soul of Man under Socialism* aus demselben Schaffensjahr, in dem auch *The House of Pomegranates* erschien.

Die umfangreichste, ambitionierteste und vielschichtigste Erzählung der beiden Sammlungen ist zweifellos »Der Fischer und seine Seele«, in der Wilde verschiedene Motive und Stoffe aus Märchen und Sage: Undine, Doppelgänger, Verlust des Schattens und faustischer Teufelspakt, zu einem organischen

Ganzen verknüpft. Es ist dies eine Dichtung über Gut und Böse, die Versuchung durch Weisheit, Reichtum und sinnlich-exotische Schönheit, den Zusammenhalt von Körper, Seele und Herz. Der Liebe zu einer Meerjungfrau wegen (man vergleiche Hans Christian Andersens Kunstmärchen »Die kleine Meerjungfrau«) will der Fischer seine unnütze Seele verstoßen (»Ich kann sie nicht sehen. Ich kann sie nicht fassen. Ich kenne sie nicht.«). Als er sie nach drei schweren Prüfungen am Ende wieder in sich aufnimmt, bezahlt er die spät errungene psychische Einheit mit einem regelrechten Liebestod.

Die Geschichte »Der bemerkenswerte Raketerich« dagegen ist eine Satire auf die eitle »Selbstüberschätzung des Mittelmäßigen« (Gero von Wilpert). Sie enthält eine Karikatur des Malers James Abbott McNeill Whistler (1834–1903), dessen Gemälde *The Falling Rocket* (1875) Wilde die Anregung zu diesem humoristischen Märchen geliefert haben dürfte. Angesichts der phallischen Gestalt, der Logomanie und der egozentrischen Selbstüberhebung des affektierten Raketerich ließe sich jedoch verallgemeinernd von einem Angriff auf eine phallogozentrische Ordnung sprechen, der es, um noch einmal C. G. Jung zu bemühen, am »weiblichen« Eros als der Bezogenheit zum natürlichen Sein in uns und um uns gebricht.

Liebestod und Phallik führen uns zum sexuellen Moment der Märchen, denen unverkennbar ein unterschwelliger homoerotischer Subtext eingeschrieben ist. Nicht nur die vielen Anspielungen auf schöne Jünglinge (Adonis, Hadrians Sklave, Endymion usw.) sind hier von Bedeutung; wenn die Schwalbe (die aus diesem Grund im Deutschen zum Schwalberich mutieren muss und keine Schwälbin sein darf!) den Prinzen auf die Lippen küsst, wenn der kleine Junge die Arme um des Riesen Hals schlingt und ihn küsst, so sind dies unzweideutig homosexuelle Gesten. Dementsprechend wird der »weibliche« Eros in diesen Texten häufig nicht weiblichen Wesen, sondern männlichen Figuren zugesprochen. 1886 war Wilde dem siebzehnjährigen Robert Ross (1869–1918), dem späteren Herausgeber der Gesamtausgabe, begegnet, der ihn etwa um die Zeit der Geburt seines zweiten Sohnes Vyvyan in die Praktiken der homosexuellen Liebe eingeführt haben muss – so jedenfalls gestand es Wilde seinem Freund Reginald Turner auf dem Sterbebett.

Dass nicht nur »Der ergebene Freund«, sondern jedes der Märchen »eine Geschichte mit Moral« ist, unterliegt keinem Zweifel: Egoismus und Narzissmus der Menschenwelt werden angeprangert, die Selbstaufopferung zur Linderung des Leides mit der Aufnahme in den Himmel oder der Verklärung auf Erden belohnt. Zugleich aber sorgen Hinweise auf das gesellschaftliche Gesamtgefüge dafür, dass die Frage nach dem rechten Leben nicht getrennt von der sozialen Frage angegangen wird. Religiös-spirituelle, psychologische und sozialkritische Deutungsmöglichkeiten halten sich bei Oscar Wildes Märchen die Waage.

Hans-Christian Oeser (Dublin)